KB196859

파주

트리플

28

TRIPLE

파

준

김남숙
소설

차
례

파
주

현철을 생각하면 파주가 생각난다. 파주를 생각
하면 현철이 생각나고. 나는 창밖으로 머리를 쭉 뺀 채
현철을 생각하며 귓가를 긁적인다. 주변은 어두워 아무
것도 보이지 않고 귓가는 긁으면 긁을수록 낙엽 부서지
는 소리가 난다. 머리통 언저리에 생긴 구멍에서 모래
가 자꾸 떨어지는 소리. 현철도 이런 소리를 들으면서
자신의 귀를 긁적거렸으려나. 아니면 다른 소리를 들었
으려나. 그것도 아니면 아무런 소리도 듣고 싶지 않아
서 그랬으려나. 현철도 이렇게 귓가를 긁적이는 버릇이
있었다. 긴 계절 알레르기를 앓고 있는 사람처럼 손톱

을 세워 벅벅 긁던 현철의 모습을 나는 아직도 기억한
다. 귓가의 피부가 짓물러도 긁어야지만 속이 후련해지
는 사람처럼.

현철은 내 친구도, 가족도, 그 무엇도 아니었다.
그저 갑자기 나타났고, 그저 기억하는 사람에 속할 뿐
이다. 그리고 나는 여전히 현철의 말을 기억한다.

가끔씩은 보게 될 거야.

나는 현철이 한 말 중 그 말을 제일 좋아한다.

현철이 주로 어떤 옷을 입는지, 어떤 신발을 신
는지, 어떤 냄새가 나는지는 잘 기억하지 못한다. 나는
그저 그 말과 현철의 눈동자와 흐릿한 목소리를 기억한
다. 현철은 아직도 파주에 있을까. 잘 모르겠다. 일부러
파주에 있는 것이라고, 되도록 여기에서 계속 살 것이
라고 했으니 아마도 파주에 있지 않을까. 하지만 알 수
없다. 여전히 있을 수도 있고 없을 수도 있다. 나는 어
떤가. 나는 지금 파주에 없다. 파주에서 조금 아래에 위
치한 일산 귀퉁이에 있다. 길고양이들이나 개들이 하루
종일 울다가도 어느 날 갑자기 사라지기도 하는 한적한
동네에 있다. 가끔씩 창문 밖으로 고개를 쭉 빼고 주위

를 둘러봐도 아무것도 보이지 않는 동네에 있다. 그리고 파주에는 다시 가지 않는다. 현철 때문은 아니다. 아니, 현철 때문이다. 그렇다면 현철은 내가 현철을 생각하는 것처럼 나를 생각할까. 그렇지는 않을 것이다. 현철은 나보다 정호를 더 떠올릴지도 모른다. 현철은 정호를 죽도록 미워하니까. 아마도 평생 동안 미워할 것이라고 말했으니까. 주먹을 쥐고 입술에 침을 튀기면서 그 선명하고 무해한 눈동자를 반짝이면서. 무엇을 입었는지, 신었는지, 어떤 냄새가 나는지도 기억할 수 없게 만드는 그 눈동자를 반짝이면서.

미안하다고 말하지 마. 그건 너무 쉬워. 미안하다고 한 번만 더 하면 진짜⋯⋯.

나는 그 뒷말과 현철의 얼굴을 일부러 생각하지 않는다. 그런 말을 하는 현철을 떠올리면 엄청난 죄인이 되는 것 같은 기분이 든다. 그러나 나는 현철에게 아무런 죄도 짓지 않았다. 왜 죄는 정호가 지고 죄책감은 내가 지어야 하는지 알다가도 모르겠다.

현철은 언젠가―아마도 마지막 인사를 전할 때쯤―내가 불쌍하다고 말했다. 그걸 내가 너무 잘 알고 있어서 더 그렇다고 말했다. 그러나 나는 그 이유에 대해서는 정확히 정의내릴 수가 없다. 무엇이 어떻게 그렇게 보이게 만든 것인지 알 수도, 말할 수도 없다. 나는 어쩔 수 없이 인정하게 되는 현철의 눈동자를 한 번 더 떠올릴 뿐이다. 그에 반해 나는 현철을 불쌍하다고 전혀 생각하지 않는다. 그저 현철을 생각할 때면 알 수 없는 기분에 휩싸인다. 번거롭고 사치스럽고, 말하자면 슬픔에 가까운 그런 기분. 그리고 그때마다 귓가에는 서걱서걱 알 수 없는 소리가 들린다. 나는 이 소리를 혼자서 파주 소리라고 부른다.

*

거실은 전등불이 약해 아무리 켜놓고 있어도 절반은 어두웠다. 마치 절반은 늘 밤인 것처럼. 전등을 갈아도 마찬가지였다. 무엇이 잘못인지는 모르겠으나, 그 사실을 알고 난 이후부터는 전등을 다시 갈지 않았다. 어차피 새 전등을 갈아도 잠깐만 밝을 뿐 이내 어두워지곤 하니까. 사람들은 이런 것을 보고 무소용이라고 불렀다. 지랄 전등이라고도 불렀다. 이사를 온 이후로, 전등을 아무리 갈아도 자꾸만 전등이 껌뻑거리다가 확

죽어버린다고, 집주인에게 전화를 걸어 이런저런 하자에 대해 이야기하지 않았다. 그런 일은 전등을 열 번 가는 일보다 더 번잡한 기분이 들었기 때문이다. 이 집에 입주해, 집에서 나는 지독한 냄새를 빼기 위해 고군분투한 일도 집주인의 손을 거치지는 않았다. 정호와 나는 겨울에도 이불을 온몸에 감싼 채 매일같이 환기를 하고 여러 종류의 방향제를 집 안 곳곳에 구비해놓았다. 그때 정호는 씨발, 씨발을 달고 살았다. 그때까지만 해도 정호는 갈비뼈가 훤히 보일 정도로 몸이 말랐었다. 머리숱만 돼지게 많아서 대가리가 큰 성냥개비 같았다. 정호와 나는 어떤 일이든 우리끼리 해결했다. 그건 예전이나 지금이나 마찬가지였다. 작은 하자나 불편 사항도 누군가들에게는 꺼내지 않는 편이 항상 나았다. 다른 누군가가 우리의 문제를 해결해줄 것이다, 혹은 해결해주지 않을 것이라는 절반의 가정 하에 우리는 그 부탁에 대한 체력을 아꼈다.

　파주에서 일산으로 이사를 온 지도 이 년이 다 되어갔다. 정호는 그사이 여전했다. 아니, 조금 변했다. 정호는 이사를 온 이후 전보다 살이 붙었다. 등, 배, 허리, 어깨, 손가락, 발가락까지. 살이 찌면 손가락, 발가락까지 통통해진다는 것을 나는 정호를 보고 알았다. 정호는 전보다 잘 먹고 전보다 잘 잤다. 그게 어쩐지 현철과 관련이 있는 것 같았다. 갑자기 나타난 현철이 약속대로 정말 갑자기일까. 정호도 한때 현철의 말투와 눈빛과 옷과 냄새와 신발을 기억했을까? 잘 모르겠다. 애초에 정호는 그런 건 기억에 담아두지 않았을지도 모른다. 정호는 단순하고 규칙적이니까. 그리고 나 또한 여전히 이다지도 단순하고 별것 없는 규칙을 지키면서 사는 정호와 살고 있으니까. 누구보다 시시하게.

현철이 떠난 이후로, 정호는 파주 반도체 공장에서 일산의 물류회사로 직장을 옮겼고 나는 파주의 논술학원에서 일산 변방의 논술학원으로 자리를 옮겼다. 나는 그곳에서 아이들을 대면하면서 여전히 같은 말을 반복하며 산다. 좆같은 띄어쓰기와 좆같은 맞춤법이나 알려주는 존재로써 생존하고 있다. 아이들의 눈, 아이들의 머리칼, 아이들의 숨, 아이들의 냄새를 여전히 역겨워하면서. 빌어먹고 살 게 없어서 여기에 붙어 있으면서도 그 생각을 바꾸려고 노력조차 하지 않으면서.

가끔 통통하게 살이 오른 정호의 두 뺨을 보면 현철을 정말 잊은 것이냐고 물어보고 싶었지만 묻지 않왔다. 만약 그렇게 묻는다면 정호는 다 지난 일이라고, 재수 없다고 말할 것이 뻔했다. 그러면서 현철에 대해서 또 그렇게 말을 붙이겠지.

등신 오타쿠 새끼. 그 씨발놈 때문에 개고생한 거 생각하면…….

정호는 그런 말을 할 때마다 자신이 무엇이든 다 아는 사람 같은 표정을 지었다. 그러나 정호는 그것에 대해서는 알지 못할 것이다. 그 말을 하고 있는 자신이 얼마나 역겨운 표정을 짓고 있는지를.

정호는 여전히 주말이면 배드민턴을 쳤고, 빽빽한 정수리, 곧은 바가지머리를 고수했다. 정호는 그 머리를 중학생 때부터 유지했다고 했다. 정호는 거리가 좀 멀더라도 항상 자신의 어머니가 운영하는 미용실에 가서 머리 손질을 했다. 그게 효도라고 했다. 그리고 나는 그걸 개같은 마마보이 짓이라고 속으로 생각했다. 정호가 정호의 어머니 미용실에 가서 머리를 자를 때마다 나는 정호의 어머니 발목에 있는 장미꽃 문신을 물끄러미 바라보기도 했다. 각인한 지 오래되어 꽃잎이 주홍색이고 줄기가 푸른 문신을, 나는 정호의 머리카락

을 자르는 정호의 어머니의 얼굴과 번갈아가면서 바라
보았다.

정호는 전에 찍은 사진들과 비교하면서 자신이
늙었다느니, 눈빛이 조금 매서워진 것 같다느니 했지만
내 눈에 정호는 그대로였다. 여행에 큰돈을 쓰는 것을
싫어했고, 여행 자체도 싫어했다. 정호는 집을 좋아했
다. 별것 없는 집을 정호는 좋아했다. 우리는 늘 집에서
만 있었다. 일산에서도, 파주에서도 마찬가지였다. 가
끔씩 짜장면을 시켜먹고 주말이면 족발에 소주와 맥주
를 섞어서 마시고 별것 아닌 푸념을 해댔다. 정호가 하
는 얘기는 전부 다 회사에 관한 것들이었다. 누가 왕따
를 당한다느니, 바람을 핀다느니 하는 별 관심 없는 이
야기들. 정호는 항상 그 말을 끝내고 부풀어 오른 빵처
럼 웃었다. 그리고 현철에 대한 이야기는 한마디도 없
었다. 정호는 현철을 정말 잊은 것일까. 언제부터? 나는
생각해본다. 마지막으로 현철에게 돈을 송금했던 이 년
전? 아니면 집 앞에서 항상 삼십 분씩 누군가가 있는지
없는지 진을 치고 주위를 둘러보던 일 년 육 개월 전?
아니면 파주랑 완전히 이별하고 일산으로 내려온 그날
부터? 나는 알 수 없었다. 그러나 아무렇지 않은 정호의

모습을 볼 때마다 언젠가 그런 단순한 정호 앞에 현철이 다시 나타나주었으면, 하고 내심 바랐다. 가끔씩은 보게 될 거야, 가끔씩은 보게 될 거야. 나는 그 말을 아무렇지 않게 허탈하게 웃는 정호를 보면서 혼자 중얼거렸다.

*

현철이 갑자기 나타난 것은 이 년 전이었다. 그때 우리는 파주에 있었다. 나는 그때 현철을 처음 보았다. 드센 추위가 몰아치던 날, 현철은 밖에서 누구보다 시시하게 서 있었다. 시시한 검은색 바지와 검은색 후드티, 누가 봐도 시시하게 동여 묶은 운동화를 신고. 금촌역 근방, 롯데리아 위 이층 건물에 세 들어 살던 정호와 나의 집 앞에서였다. 눈이 오지 않지만 발가락과 손가락이 꽝꽝 얼 정도로 추운 겨울이었고, 정호와 편의점에 들러 소주를 사서 집으로 다시 들어가던 때였다. 현철은 그렇게 건물로 통하는 계단 입구에 서 있었다. 가방 하나 들지 않은 채였다. 주변에는 사람이 아무도 없었다. 아무도 없는 계단 앞 현철의 핸드폰 화면만이 반짝였다. 현철은 우리 집 계단 앞에 펄떡이는 잉어킹을 잡고 있었다. 레벨 49의 곧 만렙을 앞두고 있었던 현철의 포켓몬 고. 꼬박 오 년을 했다는 그 포켓몬 고. 처음부터 현철을 알아본 것은 아니었다. 모르는 누군가가 그저 건물 입구에 서 있다고만 생각했다. 그러나 현철은 마치 우리를 불러 세우는 것처럼 입구를 막고 비켜주지 않았다. 계단 사이를 비집고 들어가려는 마당에 정호가 현철을 알아보았다. 정호의 손에 들려 있는 검은 봉지 속 소주병들이 탈랑탈랑 소리를 냈다. 정호는 누구보다 당황스러운 눈치였다.

정현철?

정호가 현철의 어깨를 잡고는 말했다. 정호가 현철의 어깨를 잡았을 때 풀럭이는 먼지 냄새가 났다. 정호의 우그러진 이마에 당황한 기색이 어려 있었다.

너, 뭐냐? 너가 여기 왜 있어?

정호가 묻자, 현철은 잠시 아무 말도 하지 않은 채, 그 옆에서 잠바를 목 끝까지 잠근 나를 쳐다보았다. 그리고 슬리퍼 앞쪽으로 삐져나온 빨갛게 꽝꽝 언 내 맨발을 흘깃 쳐다보았다. 현철은 잠시 동안 아무 말도 하지 않았다. 그러고는 잡지 못한 잉어킹이 보이는 핸드폰을 그대로 주머니에 넣었다.

왜 전화 안 받으십니까?

현철은 한참 뒤에야 입을 뗴었다. 떨리는 목소리는 아니었다. 혀가 짧아 어딘가 순하게 느껴지는 말투였고, 미리 약속이라도 된 만남처럼 평온한 말투였다. 현철은 나를 다시 한번 보더니 정호에게 한 발짝 더 다가갔다. 정호가 다가오는 현철을 피해 몸을 뒤로 살짝 젖혔다.

왜 전화 안 받으십니까?

현철은 정호를 보며 다시 물었다. 정호는 주머니에 손을 넣고는 괜시리 핸드폰을 매만졌다.

전화? 뭐, 뭐래는 거야. 이 새끼가.

왜 전화 안 받냐고 했습니다.

정호가 마치 그제야 무언가를 눈치챈 사람처럼 몸을 미세하게 떨었다.

여기 왜 왔냐? 어떻게 알고 찾아왔나?

지난 주 화요일 기억 안 나십니까? 그때도 분명 말했는데…….

현철이 말했다. 정호를 바라보는 현철의 눈에 잠깐 알 수 없는 눈물이 고였다가 사라졌다.

지난주에 만났다는 후임이, 일을 너무 못해서 매번 먼지 나게 팼다던 그 현철이었다. 그 말 이외에는 정호에게서 현철의 이야기를 자세히 들은 적이 한 번도 없었다. 현철은 무언가 결심한 듯, 그러나 그게 너무 오랜 시간 지나버려서 이제는 너무 자연스러운 감정이 된 것처럼 초연하게 나와 정호 앞에 서 있었다. 언젠가 왔어야 할 사람처럼. 그때 나는 어쩌면 직감했는지도 모른다. 저렇게 시시하게 서 있는 현철이 누구보다 시시한 복수를 하러 온 것이라고.

현철은 다시금 나를 잠깐 보다가 고개를 돌렸다. 그러고는 정호에게 가까이 다가가 그의 얼굴을 뚫어져라 쳐다보았다.

그때 말했지 않습니까. 술 많이 마셔서 기억 안 나십니까. 똑같이, 아니, 아니요. 나도 이제 괴롭히겠다고요. 이제야.

현철은 그 말을 끝내고는 주머니에서 담배를 꺼내 물었다. 그러나 바람 탓에 불이 제대로 붙지 않아, 여러 번 시도를 한 끝에 결국 담배에 불을 붙였다. 정호는 나에게 먼저 올라가 있으라고 눈짓을 보냈다. 그러나 나는 정호가 아닌 현철의 눈을 바라보았다. 너무 어설

퍼서 투명한 그 눈빛이 나는 무서웠다.

니가 뭘 어떻게 복수를 하실 건데요. 내가 너한테 뭘 했는데. 그때도 말했잖아. 그런 것 있었으면 미안하다고. 거기서는 뭐 별수 있냐. 나도 똑같았어, 새끼야. 지금 그게 언제 적이냐. 이 오타쿠, 하, 아니 현철아. 벌써 삼 년이 넘었어. 지금 이제 와서 뭘. 진짜 골치 아프네.

뭘 어떻게 했냐고요?

현철이 눈을 번뜩였다. 현철의 주머니가 윙윙, 하고 두어 번 울려댔다. 현철이 816번째로 잡아야 하는 잉어킹의 펄떡임과 같이 현철이 흔들렸다.

뭘 어떻게 했냐고 했습니까? 하나하나 다 말할까요? 나는 아직도 다 기억하는데……. 삼 년밖에 안 지났는데, 잊어버렸습니까? 그걸?

현철은 마치 어제 일인 것처럼 주먹을 쥐고 입술에 침을 튀기며 말했다. 정호는 그런 현철에게서 한 발자국 더 떨어졌다. 슬리퍼를 신은 정호가 뒷걸음질 칠 때마다 슬리퍼 뒤편에서 얼음 알갱이들이 부서지는 소리가 났다.

……그니까, 뭘 어떻게 복수를 하겠다는 거냐고. 무릎이라도 꿇을까? 이제 와서? 넌 그리고 군대 제

대한 지가 언젠데 아직도 말투가 그따위냐. 나 돈도 없어 새끼야. 그냥 이렇게 사는 거야. 보면 모르냐. 저 위에가 우리 집이라고. 월세.

정호는 현철의 눈치를 살폈다. 정호를 보던 현철은 고개를 떨어뜨리고 바닥을 내려다보며 새 담배를 꺼내 물었다. 이번에는 불이 잘 붙었다.

최정호 병장님. 파주, LG디스플레이 다니시죠? 액정 검수하고, 하자 가려내고. 거기에 소문낼 거예요. 사진 뿌리고, 나한테 어떻게 했는지. 전역하고 힘들게 들어간 거 아닙니까? 거기에만 그럴 건지 아십니까? 계속 따라다닐 거예요. 따라다니면서 당신이 한 짓 다 말할 거라고요. 그게 싫으면 조건이 하나 있습니다.

와, 이야. 이 새끼, 와. 이거…….

현철은 말을 계속 이어갔다. 그리고 정호는 아무 말도 하지 않았다. 거들먹거리는 척, 겁먹지 않은 척했지만 정호가 떨고 있음을 알 수 있었다.

현철은 딱 일 년 치만 복수를 하겠다고 했다. 보상금이라고 생각하고, 일 년, 그러니까 열두 달 동안 달마다, 많이도 아니고 딱 백만 원씩만 보내라고. 그러면 딱 열두 달 뒤에 사라져주겠다고. 안 그러면 계속 나타나서 괴롭힐 것이라고. 현철은 자신의 조건을 말하면서도 '많이도 아니고 딱 백만 원'이라는 말을 거듭 강조했다. 그깟 돈은 정말 아무것도 아니라고. 현철은 시시한 그 말을 마치고 정호에게 계좌번호를 보내고는 돌아갔다. 정호는 순간 멍해진 채로 가만히 서 있었다. 뒤돌아 걸어가는 현철의 걸음걸이는 느리고 엉성했다. 조금만 잘못 걸으면 넘어질 것처럼. 현철은 걸어가면서 우리 쪽을 뒤돌아보려다가 애써 앞으로 걸어갔다. 한 손에는 핸드폰을 쥐고 한 손으로는 귀 뒤쪽을 긁적이면서. 무언가 속이 시원해 보이면서도 아닌 것 같은 모습으로.

　　나는 정호와 집으로 돌아와서 거실에 정호를 바로 불러 세웠다. 정호는 헛웃음을 치면서, 웃을 때 빵처럼 부푸는 얼굴로 연신 욕을 내뱉었다.

　　허, 허허허. 존나 웃기네. 신경 쓰지 마. 저 새끼 등신이라, 저딴 거 못 해. 그리고 그게 언제 일인데. 아오, 귀신 새끼 보는 것처럼 놀랐네. 그때도 아무도 초대 안 했는데 지가 알아서 기어온 거야. 얼마나 놀랐는지. 저런 새끼들 사회생활 가능은 하냐? 참, 씨발. 말세다, 말세야.

　　정호는 옷을 갈아입고 곧바로 바닥에 소주를 내

려놓았다. 아무렇지 않은 척하려고 했지만 여전히 떨고
있었다.

　날씨 한번 존나 춥네. 족발 시켰지? 언제 온다냐.

　정호는 일부러 아무렇지 않게 말했다. 그러나
바닥에 앉아서 간간이 생각에 잠기는 것처럼 보였다.

　저 사람한테 뭘 했어. 뭘 했길래. 이렇게 찾아올
리가 없잖아.

　나는 말했다. 그러자 정호가 한바탕 다시 웃어
젖혔다. 가끔 아무것도 모르는 얼굴로 순박한 웃음을
짓곤 했던 정호가 징그럽게 느껴졌다.

　뭘 하긴 뭘 해. 다 똑같았지. 일 못하면 몇 번 때
리고, 군기 잡고 그게 끝이지. 그것도 못 버티면서 군 생
활한 사람이 있기나 한 줄 아냐. 저 새끼는 심지어 괴롭
힌 것도 아니야. 더한 사람도 많이 봤다고. 그리고 그게
언제 적…….

　정호는 말을 하다 말고, 어딘가 불안한 듯 핸드
폰을 몇 번 만지작거렸다. 아무런 메시지가 오지 않았
는데도 정호는 몇 번씩 핸드폰을 확인했다.

　차라리 저 사람한테 제대로 사과해. 그리고 끝
내. 미안하다고.

나는 말했다. 정호는 심각해진 나를 보고는 대충 고개를 주억거렸다.

다음에 만나서 술 사주고 미안하다고 풀어주면 돼. 애새끼니까, 그냥 어르고 달래고. 너는 저 말을 진짜 믿냐? 저게 진짜 같아? 막말로 증거는 있대? 있다고 해도 어차피 저 새끼 저럴 용기도 없어. 저 새끼 군대에서도 겁만 많아서 혼자 벌벌 떨면서 민폐 끼친 새끼야, 지거. 지 딴에 존나게 용기 내서 여기까지 왔겠지. 그래, 내가 미안하다고 그러면 되는 일이라고. 간단하지?

나는 아무 말도 하지 않았다. 정호는 내 표정을 보더니 다시금 혼자 왈칵 웃어 젖혔다.

근데 너도 진짜 멍청하다. 너는 저걸 진짜 믿는 거야? 쟤가 진짜 그럴까 봐? 삼 년이나 더 지난 얘기를? 그렇게 순진해서 어디다 쓰냐. 애들은 어떻게 가르쳐?

나는 가만히 정호를 내려다보았다. 갈비뼈가 훤히 드러나는 몸통에서 숨이 부풀다가 사라졌다.

애들 얘기 꺼내지 마. 그 얘기가 여기서 왜 나와?

나는 정호를 노려보면서 말했다.

씨발, 아무것도 모르면서.

정호가 웃어대면서 나를 똑바로 바라보았다.

아, 알았어. 애들 얘기 안 할게. 뭘 그렇게 심각한 표정을 지어, 또. 애들 얘기만 나오면 난리네. 야, 근데 너 그거 아냐? 그거 자격지심이다.

애들 얘기 하지 말라고. 싫다고, 난.

나는 다시금 말했다. 그러곤 손에 들고 있던 비닐 봉투를 바닥에 떨어트렸다. 정호는 내가 매일 그 속에서 어떤 생각과 어떤 눈빛들을 마주하는지 알지 못했다. 아이들의 눈을 보고 있으면 매번 나의 치부를 들키는 것 같은 생각이 들었다. 내가 얼마나 하찮은 사람인지 다 꿰뚫고 있다는 눈빛과 꼭꼭 숨겨둔 지저분한 치부들을 이미 알고 있다는 듯한 표정들. 언젠가 스스로 순순히 그 치부를 보여줄 수밖에 없는 날이 올 것 같은, 처형을 기다리는 것 같은 염소의 마음을 정호가 알 리 없었다.

근데, 진짜 왜 왔을까. 이제 와서. 그 새끼 그거 진짠가?

정호가 말을 이었다. 나는 잠시 멍하게 뜸을 들이다 말했다.

진짜가 아니면? 그게 아니면 갑자기 여기까지 올 리 없잖아.

내 말에 정호는 한참을 아무 말도 하지 않았다.

저게 진짜 같다고? 갑자기 왜? 이제 와서? 어떤 계기로? 이렇게 뜬금없이?

정호가 나를 바라보며 물었다.

계기 같은 게 필요 없을 수도 있잖아. 그냥 미운 거잖아. 언제 찾아와도 안 이상할 정도로.

정호가 한참 동안 말을 하지 않나가 크게 한숨을 뱉었다.

씨발, 좆같네. 아니, 근데……, 윤정아. 나 진짜로 잘 기억이 안 나는데. 저 새끼가 뭐가 그렇게 억하심정이 들어서 찾아왔는지. 이거 진짜 좆된 부분이지. 그렇지?

정호는 잠시 골똘히 누워 있었다. 그러고는 절대로 그 답을 알 수 없다는 표정을 지었다.

정호는 딱 족발이 도착하기 전까지 그간 기억해낸 군 생활에 대해서 다시 말해주었다. 무언가 생각난 듯한 표정을 짓기도 하고, 간간이 침묵을 유지하기도 했다. 정호가 말하기로는 취사병한테는 위생이 생명인데, 저 새끼는 지키지도 않았다느니, 음식 만드는 데 아무렇게나 기침을 해대고, 소금 설탕도 제대로 구분도 못 하고, 늘 짜거나, 늘 싱겁게, 그래서 몇 번 때렸고, 그래, 먼지 나게 때렸고, 여름철 훈련 끝나고도 뒈지게 안 씻어서 씻으라고 면박을 줬고, 이건 솔직히 비인간적이긴 하지만 속옷을 제대로 갈아입는지 몇 번 검사를 했고, 그냥 그 정도라고. 그때는 괴롭히는 축에도 못 끼었다고. 자신은 더 심하게 당했다고. 아직도 생각하면 패죽이고 싶은 새끼들 얼굴이 몇몇 있을 정도라고. 그냥 다 까먹고 사는 거라고. 정호는 소주와 맥주를 섞어 마시며 괜히 얼굴을 붉혔다. 그러나 나는 그 말을 듣다가 잠시 멈춰 있었다. 정호의 말이 거짓말이라는 것을 나는 알 수 있었다. 나는 어쩐지 붉어진 얼굴의 정호를 보면서 말했다.

거짓말.

그 말을 하자마자 정호의 얼굴이 더 붉어졌다.

뭐가?

거짓말하지 마.

아니, 도대체 뭐가.

거짓말. 그것 말고 더 있잖아.

정호가 우물거리던 입을 멈추고는 잠시 동안 아

무 말도 하지 않았다.

*

현철의 말이 진짜인지, 가짜인지 가려낼 수 있는 시간은 딱 일주일이었다. 정호의 말은 틀렸고, 현철의 말은 진짜였다. 현철은 시시하게 찾아왔지만 끈질기게 괴롭힐 준비가 된 사람 같았다. 현철은 모든 증거를 가지고 있었다. 현철이 돌아간 지 딱 일주일째, 현철은 자기가 가지고 있는 것들의 일부를 정호에게 보냈다. 얻어맞은 사진과 의사의 소견서 날짜도 삼 년 전에 머물러 있기는 했지만 진짜였다. 그런데 어째서 삼 년 만인지 나는 알 수 없었다. 그렇게 아무렇게 불쑥불쑥 꺼내도 미울 만큼의 미움을, 나는 잘 헤아릴 수가 없었다. 그런 미움은 어떤 것일까. 시시해 보일 만큼 자연스럽고 명이 긴 미움은 어떤 것일까. 현철은 그 이후부터 그림자처럼 우리 주변을 맴돌았다. 정해진 입금일이 되었거나, 돈이 들어올 날짜가 지났을 때마다 나타나 주변을 맴돌았다. 그러나 무섭거나 위협적으로 느껴지지는 않았다. 현철이라면 분명 나에게 해를 가하지 않을 것 같았다. 현철은 그저 시시한 일상처럼 스며들었다. 그러나 정호는 달랐다. 정호는 현철과 비슷한 그림자만 보아도 소름끼쳐했다. 그러고는 머리가 무거운 사람처럼 고개를 조금 떨구고는 생각에 잠기곤 했다.

진짜 이렇게까지 해야 하는 거야? 씨발, 저 개새 끼한테? 저 새끼 지금 또 온 거지? 아니, 온 게 아니라 그냥 여기에 죽치고 있는 거잖아. 이 씨발.

밖에서 포켓몬을 잡고 있는 현철을 보면서 정호는 말했다. 현철은 늘 그렇듯 똑같은 표정을 유지했다. 정호는 현철에게 정확히 어떤 짓을 했는지 나에게 죽어도 말해주지 않았다. 어떤 날은 마치 무엇인가 있는 것처럼 굴었고, 어떤 날은 무언가를 어느 정도 감내해야만 한다는 것을 인정한 사람처럼 굴 때도 있었다.

진짜 일 년이면 저 새끼 이제 안 올까? 주변에 검은 옷 입은 사람만 봐도 뒈질 것 같아. 그냥 월세 입 금하는 것처럼만 하면 되난 말이야. 아니, 근데 진짜 저 새끼가 그럴까? 사람들한테 내가 팼다고 저 사진 올리 면 사람들은 그걸 그대로 믿을까? 저 오타쿠 새끼가 다 른 말을 지어낼 수도 있는 거잖아……. 시간이 이렇게 나 지났는데.

정호는 말을 하면서도 입술을 부르르 떨었다. 나는 그때마다 아무렇지 않은 현철의 표정보다 정호의 표정이 더 무서웠다.

첫 달과 두 번째 달, 입금을 하고 정호가 현철을 다시 만나자고 했을 때도 달라지는 것은 없었다.

나 너한테 진짜 사과하려고 왔다, 현철아.

아직 한겨울임에도 불구하고 현철의 앞에는 아이스초코가 놓여 있었다. 카페 창밖에는 온통 살얼음이 낀 도로가 빛을 받아 반짝거렸다. 현철은 정호의 얼굴을 빤히 보다가 아이스초코를 쭉쭉 빨았다.

미안하다고 했습니까?

현철이 말했다.

정호는 고개를 숙이며 반복했다.

내가 미안하다, 현철아.

현철은 그런 정호를 내려다보았다.

뭐가 말입니까?

응?

정호는 고개를 들어 현철을 다시금 바라보았다.

뭐가 미안하냐고 물었습니다. 뭐가, 정확히, 어떤 것이 어떻게 미안한지 말하십시오.

내가 너 때리고 괴롭힌 거, 그냥 전부 다.

현철은 진동하는 핸드폰을 꺼내고는 핸드폰 화면에 정호의 얼굴이 나오도록 포켓몬 고를 켰다. 그러고는 화면 속 정호의 얼굴에 포켓볼을 던지기 시작했다.

정확히 뭐가 미안하냐고 물었습니다.

정호는 아무 말도 하지 않았다.

정확히 잘 기억이 안 나지 말입니다. 그러면서도 돈이 아까워서 앞에서 미안한 척하고. 미안하다고? 미안하다고 말하지 마. 그건 너무 쉬워. 미안하다고 한번만 더 하면 진짜······. 진짜, 조건이고 뭐고. 사진 다 뿌리고 죽여버릴 거니까.

아니, 내 말은······.

넌 네가 뭘 잘못했는지 모르지. 모르잖아. 난 그 속에서 맨날 뒈질 것 같았는데. 너는 이 일 년을 못 참아내겠어?

현철은 말을 뱉으며 가려운 듯 얼굴을 박박 긁었다. 속에 있는 말을 다 뱉어내도 어딘가 가려운 것 같은 얼굴로, 여전히.

정호는 아무 말도 하지 않았다. 어딘가 무서워하는 것도 같았다. 정호는 더벅한 바가지머리를 테이블

위에 떨구었다가 현철을 다시 노려보기 시작했다.

그 정도 했으면 됐잖아. 두 달 치 돈도 줬고 사과도 했고.

정호가 눈이 벌개진 채로 현철을 쳐다보았다. 현철은 아무렇지 않은 표정으로 아이스초코의 빨대를 한 번 더 쭉 빨았다.

그럼 그만하십시오. 그만하고, 말면 되지 않습니까.

이 씨발, 오타쿠 새끼. 이래서 너 같은 새끼들은 안 되는 거야. 이 씨발, 내가 그때. 내가 그때 너를 더…….

정호는 말을 하다 말고 자리를 박차고 나갔다. 현철의 표정에는 아무런 미동도 없었다. 나는 정호가 박차고 나간 자리에 앉아 현철을 바라보았다. 현철의 투명한 눈동자 속에 내가 비쳤다. 대신 죄인이라도 된 듯이 버석버석한 긴 머리에 어깨를 웅크리고 있는 나. 현철은 나를 한참을 바라보다가 입을 뻥긋거리면서 말했다. 가세요, 같이. 나는 잠시 동안 가만히 앉아서 현철의 얼굴을 바라보았다. 떠올리면 떠올릴수록 입에서 쓴맛이 나는 그 표정을 나는 아직도 기억했다. 어딘가 쓸쓸한 풀벌레 소리가 나는 것 같은 그 표정을. 그래, 풀벌

레 소리……. 그러나 그 표정을 풀벌레 소리라고 불러
야 할까. 아니, 그 소리는 풀벌레 소리가 아니다. 그렇게
말해버리면 너무 시시한 소리가 되어버리니까. 그러나
나는 아직도 그 표정을 어떻게 불러야 할지 잘 모르겠
다. 그 소리는 개같이 쓸쓸하고, 파주의 한겨울에 뿌리
내린 단단한 얼음 같아서 아직까지 나는 그때와 비슷한
소리를 한 번도 다시 들어본 적이 없다.

*

현철의 시시한 복수는 정호를 괴롭히는 것뿐만
아니라, 여러 가지를 바꾸어놓았다. 소리 없이 아주 조
금씩. 현철의 등장과 동시에 정호와 나 사이에 보이지
않는 균열이 생기기 시작했다. 생활도 마찬가지였다.
나는 매번 정호가 현철에게 어떤 짓을 했는지 가늠해보
는 버릇이 생겼다. 식탁에 앉아서 반찬을 나눠 먹을 때
도, 티브이에서 하는 재미없는 코미디 쇼를 볼 때도, 집
으로 들어가는 계단을 오를 때도, 정호가 들어간 화장
실에서 아무런 소음 없이 물이 흐르고 있는 소리만이
들릴 때도, 나는 궁금했다. 정호가 현철에게 도대체 어

떤 짓을 했는지 그리고 현철의 마음이 지금 어떤지. 어쩌자고 어떤 마음으로 삼 년이라는 시간을 보내고 다시 찾아왔는지. 나는 수십 번 제대로 묻고 싶었지만 용기가 나지 않았고 마음을 먹으려고 노력해봐도 아무런 마음의 대비가 되지 않았다. 그저 궁금해할 수밖에 없었다. 어떤 날은 그저 궁금해하는 것이 내 몫처럼 느껴지기도 했다. 그렇게 정호가 한 일에 대해 생각하다 보면 현철이 생각나고 현철에 대해 생각하다 보면 현철이 참을 수 없이 궁금했다. 정호와 식탁에 앉아 밥을 먹을 때, 현철이 무엇을 먹고 있는지 궁금했고, 정호와 재미없는 티브이 프로그램을 볼 때 현철이 어떤 프로그램을 좋아하는지, 집에서는 어떤 옷을 입고 있는지, 집에서도 그렇게 시시하고 탁한 검정 옷을 입은 채 경직된 자세로 있는지, 집에서도 그 재미없는 포켓몬 고의 만렙이 되기 위해 노력하는지, 가끔씩 현철도 화장실에 들어가 가만히 물을 틀고 아무런 미동 없이 간간이 오랜 시간 서 있는지, 그때 주로 무슨 생각을 하는지, 여전히 앓고 있는지. 매일 같은 옷을 입고도 추위를 타지 않는 것처럼 구는 것도, 눈에 이상한 슬픔 기운이 얼기설기 붙어 있는 것도, 어디에 살며, 무엇을 하는지도. 알 수 없기에 더 궁금한 사람처럼.

어떤 날은 학원에 출근해서 철 지난 포켓몬스터 빵에 든 띠부띠부씰을 공책 위에 붙여놓은 것을 보았을 때 괜히 반가운 마음이 들기도 했다. 나도 이런 게 좋았을 때가 있었는데, 나도 이런 걸 열광하며 모았던 때가 있었는데, 그런데 지금은 다 지난 얘기지. 지금은 이런 거 하나도 안 중요하고, 하나도 안 기쁘고…… 하는 말도 안 되는 혼잣말을 중얼거리기도 하면서. 아이들의 눈빛과 상관없이 그저 혼자 중얼중얼거리면서.

그런 나의 행동을 정호가 모르는 것은 아니었다. 다만 모르는 척할 뿐이었다. 정호는 아무렇지 않은 척 굴었다. 오히려 무심하게 말하려고 노력했고, 아무 일도 아니라는 표정을 짓기 위해 열심히 표정을 궁리한 채 앉아 있었다. 정호에게 눈에 띄는 변화가 있다면 전보다 살이 좀 빠졌다는 것이었다. 현철에게 송금하기 위해 추가 근무를 서고, 인센티브를 위해 휴일을 반납하며 일했다. 정호는 매일 액정을 검수하는 빛 외에는 아무런 빛도 없는 깜깜한 검수실에서, 밥 먹는 시간을 빼고 꼬박 일곱 시간 이상을 검수대 위에서 보냈다. 액정 픽셀의 하자를 가리기 위해 등급 버튼을 누르면서, 아무도 없는 방에서 혼자. 정호는 매일같이 화가 나 있었다. 전보다 술을 많이 마시고 금방 곯아떨어지더니 어느 새인가 눈을 떠보면 출근을 하고는 없었다.

나와 정호는 열두 달 중 절반이라는 시간을 그렇게 채워갔다. 서로를 가늠하며 추가 근무를 서는 식으로. 추위가 가시기 시작하고 선덕선덕한 바람이 불었다. 간혹 늦거나 이른 시간, 성호의 핸드폰이 울리긴 했지만 정호는 무엇 때문에 울리는지 나에게 절대로 알려주거나 보여주지 않았다. 정호는 그저 성실하게 돈을 보냈다. 말을 잘 듣는 착한 아이처럼. 현철의 그 시시한 말과 복수와는 어울리지 않는 그것들을 정호는 이제야 믿는 눈치였다. 현철에게 보낸 문자메시지와 입금 내역을 열심히 저장하고 있었지만 그랬다. 정호는 가끔씩 잠꼬대에서도 씨발, 씨발이라는 말을 웅얼거렸다.

열심히 입금을 한 탓에 현철을 보는 일은 없었다. 그러나 나의 궁금증은 더 커져만 갔다. 그리고 무엇보다 현철을 궁금해하는 마음이 커질 수밖에 없는 일도 있었다. 아주 우연히 혼자서만 현철을 본 적이 있었다. 초여름이었지만 아직은 찬 기운이 조금 남아 있던 때였다. 나는 역 근처 공원으로 걸어가고 있었고, 현철은 역

근처 정류장을 지나는 버스에 타고 있었다. 그때 현철은 여전히 같은 차림의 그 시시한 검정색 후드 모자를 뒤집어쓰고 핸드폰을 쥐고 있었다. 핸드폰 화면에 매일 번뜩이던 포켓몬 고의 화면도 보이지 않았다. 계절이 지나가고 있는데도, 현철은 계절과 달리 몸을 웅크리며 추워하는 듯했다. 추울 때는 추워하지 않고 더울 때에야 추워하는 현철을 나는 이상하게 바라보았다. 그때 현철의 얼굴은 나에게 보여줬던 그동안의 얼굴과는 달랐다. 얼굴이 붉어진 채로 어딘가 슬프게 울고 난 사람의 얼굴이었다. 무언가를 골똘하게 슬퍼하는 사람의 얼굴. 현철은 우는 듯 보였다. 아니, 울음을 참는 것처럼 보였다. 기를 쓰고 울음을 참으려고 하는 그 모습이 버스 차창을 통해 지나갔다. 현철은 왜 참고 있었을까, 어째서, 왜. 그 이후로도 간간이 현철과 비슷한 사람인지, 혹은 진짜 현철인지 헷갈릴 정도의 사람의 뒷모습을 마주하기도 했다. 현철도 파주에 사니까. 정확히 어디에 사는지는 알 수 없지만, 바싹 마른 것처럼 바람이 건조하고 겨울이면 춥고, 여름에도 서늘하고 뜨거운 기운을 동시에 지니고 있는 그 근방 어디에 살았으니까. 아마 우리는 우리가 모르는 사이에 몇 번 더 마주치거나 지

나쳤을 수도 있을 것이었다. 그러나 그때마다 항상 현철을 닮은 비슷한 사람들은 등에 축축한 이불을 짊어지고 있는 사람들처럼 다 조금씩은 슬퍼 보였다. 어째서, 왜. 나는 그 답을 알 수 없어서 스스로 오래도록 질문해야만 했다.

*

　　현철의 얼굴을 다시 대면하게 된 것은 그로부터 네 달 뒤였다. 정호의 부탁이었다. 현철에게 마지막 두 달 치의 돈을 보내기만 하면 되는 무렵이었다. 스멀스멀 찬 기운이 멀리서부터 다시 불어오기 시작할 때였다. 정호는 마지막으로 자기 대신 현철을 만나달라고 말했다. 만나서 이제까지의 일을 내가 대신 사과해달라고 했다. 그러나 정호가 정말 원하는 것은 그게 아니었다. 정호는 사과와 동시에, 두 달 치의 돈을 송금하지 않아도 된다는 말을 듣길 원하는 눈치였다.

　　이정도 했으면 그 새끼도 넘어가주지 않을까. 이제까지 꼬박꼬박. 네가 한 번 만나서 얘기 좀 해봐. 내가 반성하고 있다고. 그러니까…….

　　정호는 전보다 파리해져 있었다. 그러나 어떤 기대감으로 부풀어 있는 것처럼 보이기도 했다. 나는 알겠다고 했다. 그러나 정호의 이야기를 대신 전하기 위해 현철을 만나는 것은 아니었다. 내 궁금증을 위해 그리고 무엇보다 현철을 만나서 이야기하고 싶었다. 그동안 내가 궁금했던 것을 물어볼 수 있는, 용기를 낼 수 있는 기회라고 생각했다. 정호는 내가 말을 마치자마자 고맙다며 나를 안아주었다. 오랜만에 안은 정호에게서 내가 늘 거북스러워하는 숨 냄새가 났다.

　　다시 만난 현철은 머리를 전보다 짧게 자른 모습이었다. 정호가 어떻게 말해서 나오게 됐는지는 그다지 중요하지 않았다. 현철은 멀리서 맨발에 슬리퍼를 끌며 내 앞으로 다가왔다. 머리가 짧아지기는 했지만 전처럼 시시하고 날씨에 맞지 않는 옷차림이었다. 그리고 핸드폰 화면에는 여전히 포켓몬들이 날뛰고 있었다. 현철은 어딘가 죄를 지은 것처럼 나를 바라보며 앉았다. 그러고는 한 마디도 하지 않았다. 나는 가만히 있다가 현철을 보며 아무런 이야기나 뱉기 시작했다.

　　정호 얘기 하려고 온 거 아니에요. 그냥 말하고

싶어서요.

　　나는 그렇게 운을 뗐다. 그러자 현철이 화들짝 놀란 표정으로 나를 쳐다보았다. 나는 현철을 보며, 시시한 질문들을 늘어놓기 시작했다. 그러나 현철은 이내 입을 떼지 않았다. 침묵이 유지되자, 얼마 안 가 현철의 핸드폰이 윙 하며 울렸다. 나는 현철의 핸드폰 화면을 바라보았다.

　　전부터 궁금했던 건데, 그 게임은 언제부터 한 거예요?

　　내가 그 말을 꺼내자 한참을 두리번거리던 현철이 부끄러운 듯 그제야 말을 이어가기 시작했다. 어떠한 악의도 느껴지지 않는 환한 표정이었다.

　　현철은 포켓몬 고를 시작한 지 오 년이 넘었다고 했다. 만렙을 앞두고 있는 레벨 49, 라는 말을 힘주어서 말했다. 이제 조금만 더 하면 곧 만렙인 50이 될 수 있을 것이라고도 했다. 나는 현철을 보면서 웃었다.

　　만렙이 되고 싶어서 하는 거예요?

　　내 물음에 현철은 꼭 그것만은 아니라고 했다. 얼굴이 붉어지긴 했지만 현철은 그저 좋다고 했다. 정확히 말하면 포켓몬이 좋다고 했다. 나는 현철을 보면서 다시금 웃어 보였다. 그러곤 무엇을 더 해야 하느냐고 물었다. 그러자 현철은 xp가 중요하다는 말을 먼저 꺼냈다. 걸으면서 포켓몬을 잡으면 되는 것인데 아직 110킬로미터를 더 걸어야 한다는 말도 덧붙였다. 오 년 동안 총 270000마리를 잡았지만, 지금까지 살아남은 애들은 고작 4556마리밖에 되지 않는다고. 토 나오는 퀘스트들도 많이 깨봤지만 만렙까지는 아직 멀었다고. 나는 현철이 설명하는 모습을 보면서 그의 눈동자를 바라보았다. 눈앞에 있는 현철은 시시한 복수를 하려고 온 사람도, 시시한 복수를 해온 사람도 아닌 것처럼 느껴졌다. 그러나 현철의 눈동자를 조금 더 오래 바라보면 볼수록 어떤 허무한 기운이 몰려왔다. 내가 절대 알수 없을 것만 같은 그 맑은 눈동자 속의 허무함이 가끔씩 현철의 눈 안에서 넘실댔다.

지금은 레벨 50이 끝이지만, 나중에 시간이 지나서 게임이 좀 더 업그레이드가 되면 아마 60이나 70이 만렙이 될 거예요.

현철이 말했다.

만약에 그때까지 이 게임이 살아 있으면요. 저는 아마 그때까지는 계속할 것 같아요.

현철은 그 얘기를 하면서 간간이 미소를 지었다. 그러고는 알 수 없는 말을 붙였다.

얘네들은 친절하거든요. 착해요. 순하고.

현철이 웃을 때마다 작은 덧니가 잘 보였다. 그리고 나는 그때마다 덧니가 보이는구나, 라고 생각했다. 현철과 만나서는 정호의 이야기를 일부러 한 번도 꺼내지 않았다. 어디에 사냐는 말에, 현철은 그저 파주에 산다고 말했다. 그리고 앞으로도 파주에 살 것이라고 말하기도 했다. 일부러, 라는 단어를 붙였지만 나는 그 이유에 대해서 물어보지 않았다. 현철의 눈을 보며 자신만의 이유가 있을 것이라고 생각했다. 현철도 나에게 정호에 대해 물어보려다가 일부러 이야기를 꺼내지 않는 것처럼 보였다. 그런 질문을 하고 싶을 때면 일부러 가끔 뜸을 들이다가 말 뿐이었다. 정호와 나는 전혀 상관없는 사람이라는 듯이.

현철은 가끔 나를 보며 자신의 입가에 무언가 묻었는지 연신 닦아대거나 잠시 밖으로 나가서 어설프게 담배를 피웠다. 나는 현철에게 나에 대한 이런저런 이야기를 늘어놓았다. 파주에서 아이들에게 논술을 가르친다는 말과 아이들이 싫다는 얘기까지. 어쩐지 현철 앞에서는 무엇이든 말하고 싶은 기분이 들었다. 오랫동안 어떤 이야기를 나눈 사람처럼. 현철은 잘 들어주었다.

아이들이 싫으세요?

현철의 말에 나는 고개를 끄덕였다.

왜 싫으세요?

나는 그 질문에 잠시 깜짝 놀랐다. 그러곤 골똘히 생각하다가 말을 뱉었다.

나를 평가하는 것 같은 그 눈이 싫어요. 그 눈을 보면 매번 평가받고 있다는 생각이 들거든요. 그리고 언젠가 들킬 것 같아요. 내가 얼마나 별로인 사람인지, 내가 얼마나 별로인 마음을 가지고 있는지. 지들이 뭐라고…….

나는 말했다. 말하고 난 뒤에 어쩐지 얼굴이 붉어졌다. 그러자 현철이 한참 뒤에야 말을 꺼냈다.

그건 미워하는 것보다 무서워하는 것 같은데요. 근데……, 너무 무서워하다 보면 그게 미워지는 거거든요. 무섭다는 거랑 미워하는 마음이 나중에는 잘 구별이 안 가더라고요. 그게 그거 같고, 굳이 나눠야 하나 싶기도 하고…….

나는 현철의 말을 가만히 듣고 있었다. 그러자 현

철이 내 얼굴을 빤히 바라보더니 다시금 말을 이었다.

이제 딱 두 달이에요. 최정호 병장님한테 말해주세요. 두 달이면 어차피 다 끝이라고. 나도 다 잊어버리고 살 거라고. 그니까 애쓰지 않아도 된다고요. 그러려고 나온 거잖아요.

나는 아무 말도 하지 않았다. 그런 게 아니라고, 말하고 싶었지만 그럴 수도 없었다. 나는 한참을 아무 말 없이 현철을 바라보다가 용기를 내서 되물었다.

도대체 뭘 했어요? ……정호가요.

현철은 멍한 표정을 짓더니 나를 바라보았다.

……몰라요.

현철은 짧게 말했다. 이제 그런 것은 더 이상 중요하지 않다는 듯한 말투였다.

……모르겠네요. 그냥 그 속에서 매일 죽고 싶다고 생각했어요. 말할 수 없을 만큼 괴롭혔으니까. 아니, 거기에서 이미 죽은 거라고 생각했어요. 그러면 마음이 편할 것 같아서. 저 새끼 전역하면 진짜 다 끝이다, 생각하면서 버티고. 근데 진짜 끝이더라고요. 허무하게. 허무해서 더 화가 나더라고요. 사실 이제 와서 뭐가 그렇게 중요한가, 그런 생각이 들 때가 있어요. 근데

어느 날은 그런 생각이 들더라고요. 이렇게 넘어가면 나는 다음번에 또 이렇게 넘어가겠구나, 하는 생각. 그런 생각이 들면 내 다음이 무서워지고, 내가 무서워지고. 무서워지니까 또 밉고…… 미치게 밉고. 이해 안 되겠지만 그래서 그랬어요. 전역하고 나서 매일 생각했어요. 목 조르는 생각, 칼로 찌르는 생각. 어떻게 할까. 그런데 어떻게 해야 하나, 떠오르는 생각이 없었어요. 그러다 보니 이렇게 시시해진 것도 같고. 그땐 진짜 죽이고 싶었는데. 어떤 사람한테는 삼 년이 어저께 같아요. 그 생각에 묶여서 시간이 안 가요.

나는 아무 말도 하지 않았다. 그러다 갑자기 현철이 무엇인가를 물어보기 시작했다.

근데, 결혼하실 겁니까?

나는 아무런 대답도 하지 못했다. 현철은 내 얼굴을 빤히 바라보았다. 마치 그 눈이 무언가를 대신해서 말하고 있는 듯했다. 그때 현철의 핸드폰이 울렸다. 알람 소리였다. 현철은 일어나겠다고 말했다. 일하러 가야 하는 시간이라고 했다. 현철은 고깃집과 피시방 알바를 병행한다고 했다. 틈이 나면 단기로 다른 알바를 구해서 예식장이나 배달 알바도 한다고. 굳이 왜 그

렇게 일을 많이 하느냐는 질문에 현철은 갈 수 있는 곳
이 많으면 좋다고, 이상한 답변을 했다. 역으로 걸어가
면서 나는 현철의 걸음걸이를 살폈다. 느리고 엉성하지
만 한 발 한 발 부드럽게 걷는 현철이 좋았다.

　이런 얘기 진짜 웃기지만요. 살아 있어서 다행
이다, 그런 생각해본 적 있어요?

　현철이 말했다. 엉성하게 담배를 피우며, 엉성
한 말투였다.

　전 없어요. 매번 고비의 고비의 고비. 이거 넘으
면 또 이런 게 기다리고 있고. 근데 조금은 나아질 수 있
어요. 남들이 보기에 그 방법이 비열해 보이고 엿 같아
보여고 역겨워 보여도. 어쩌겠어요. 그렇게라도 보상
받고 싶은걸……. 그게 진짜 존나게 받고 싶은걸…….

　현철은 말을 마치고 고개를 숙이고 앞으로 나아
갔다. 나는 그 뒷모습을 천천히 바라보았다. 현철의 뒷
모습은 현철과 다르게 너무 빨리 사라졌다. 나는 현철
이 사라진 자리에서 침을 계속해서 삼켰다. 무언가를
기다리는 것도, 어디를 가려는 것도 아닌 자세로.

*

집으로 돌아오니 정호가 나를 기다리고 있었다. 무언가 초조한 기색이 얼굴에 덕지덕지 붙어 있었다.

뭐라고 해?

정호는 돌아오자마자 나를 보고 물었다. 나는 아무 말도 하지 않았다. 무엇이라고 말해야 할지 알 수가 없었다.

뭐라고 하냐니까.

정호가 재촉하듯 손목을 잡아챘다. 나는 정호를 바라보았다.

애쓰지 말래. 어차피 두 달이라고. 두 달만 지나면 자기도 다 잊어버리겠대.

나는 말했다.

씨발, 그러면 그렇지. 하, 그 씨발놈이. 그 정도 했으면 됐지, 뭘 또.

정호가 욕을 뱉었다. 나는 정호를 바라보면서 말했다.

넌 네가 뭘 잘못했는지, 모르지.

나는 말했다. 그러자 정호가 나를 휙 쳐다보았다.

뭐라고?

너는 네가 뭘 잘못했는지 모르잖아. 진짜로 다 까먹은 거지.

뭐? 그 새끼가 뭐라고 하든? 그 등신이?

너는 왜 반성할 줄을 몰라. 너는, 왜.

뭐라고? 야, 쓸데없는 소리 좀 하지 마. 이 정도 면 반성이지, 뭐야. 휴가도 반납하고 맨날 검수실에서 그거만 들여다보고 있는 거 알면서 그러냐? 그 새끼가 뭐라고 했나 보네. 뭐라고 했는데?

나는 화가 난 정호를 한참을 바라보았다.

아무 말도 안 했어. 네 이야기는 꺼내지도 않았어.

그럼 둘이 뭘 한 건데. 그 오타쿠 새끼랑 너랑.

얘기했어.

무슨 얘기.

그냥 아무 얘기. 궁금한 것 물어보고.

그냥 얘기? 넌 참 속도 좋다. 멍청한 건가? 내가 너 그 개새끼랑 얘기하라고 보낸 줄 아냐?

보낸 게 아니라, 내가 간 거야.

무슨 차인데, 씨발 진짜. 왜 이래, 너까지.

정호의 얼굴이 구겨졌다.

너 나 못 믿냐? 뭐 없다고 진짜. 그 새끼가 오바하는 거라고. 내가 때리긴 때렸지, 그래. 그때잖아. 그때. 다 말했잖아. 솔직하게.

정호야. 나는 애들이 싫다. 나 쳐다보는 눈도 싫고 숨소리도 싫고 냄새도 싫어.

뭔 소리야, 갑자기.

싫다고. 애들이. 근데도 매일 출근하고 애들 앞에서 웃고, 좋은 선생인 척하려고 노력해. 그리고, 그리고 네가 무슨 짓을 했는지 매일 생각해.

정호는 아무 말도 하지 않았다.

나는 매일 네가 그 사람한테 무슨 짓을 했는지 생각해. 생각하다가 그 사람에 대해서 생각하고, 그 사람이 어떨지 생각해. 너는 살아 있다는 게 행복한 적이 있니?

정호는 어이가 없다는 듯이 나를 노려보았다.

너도 참, 멍청하다.

정호가 말을 뱉었다. 나는 당장이라도 정호의 목을 졸라버리고 싶었지만 그러지 않았다.

멍청한 건 너지. 그런 짓을 해놓고도 다 잊어버렸으니까.

나는 말했다.

나는 정호를 등지고 그대로 옷을 벗고 화장실로 들어갔다. 밖에서 정호가 웅얼거리는 소리가 들렸다. 나는 샤워기를 틀고 가만히 서 있었다. 조용히 물이 흐르는 소리만이 귓가를 채웠다. 나는 현철을 떠올렸다. 사람들 앞에서 고기를 굽는 현철, 버스에 앉아서 울음을 참는 현철, 걸어가는 현철, 뛰어가는 현철, 서 있는 현철, 담배를 피우는 현철, 포켓몬 고를 하는 현철, 꼬박 110킬로미터를 더 걸어서 만렙이 된 현철. 수많은, 토 나오는 퀘스트를 깨고 또 깨고 있는 현철, 사는 게 재미없는 현철, 다음 고비를 기다리는 현철, 기다리기 싫은 현철, 시시한 현철, 시시하지 않은 현철, 아픈 현철, 아프지 않은 현철. 시시한 복수, 아니, 시시한 보상에 성공한 현철. 그리고 아무것도 아닌 나. 어떤 것보다 시시한 나.

*

현철은 현철의 말대로 딱 열두 달의 입금이 끝나자 어떠한 연락을 하지도, 나타나지도 않았다. 그저 마지막 달에 나를 찾아와 마지막으로 짧게 이야기를 나누고는 다시는 오지 않았다.

가끔씩은 보게 될 거야. 동네가 좁으니까. 이사
가지만 않으면.

현철은 그때도 시시하게 말하면서 시시한 인사
를 했다. 그리고 나와 정호는 현철에게 돈을 송금하고,
몇 달 뒤에 새로운 곳으로 이사를 갔다. 정호는 현철과
의 일이 끝나고 난 뒤 한 번도 현철의 이야기를 먼저 입
밖으로 꺼내지 않았다. 그러나 어쩌다가 현철의 이야기
가 나올 때면 항상 그 개새끼 때문에 고생한 것만 생각
하면, 이라는 말을 끝에 꼭 붙였다. 오타쿠, 라는 말도
잊지 않았다. 그리고 파주에는 다시 오고 싶지 않다는
말도. 여기는 그때부터 재수가 없다는 말도. 이게 다 그
새끼가 여기 살아서 그렇다는 말도.

이사를 오고, 정호는 일산의 물류회사로 직장을
옮겼다. 그리고 나는 파주에서 일산의 변방에 있는 논
술학원으로 학원을 옮겼다. 우리는 여전히 같이 살고,
나는 여전히 비슷한 공간에 있었다. 우리는 똑같아 보
였다. 그러나 나에게는 아주 작은 습관 하나가 생겼다.
어딘가 답답한 마음이 들 때면 귓가를 긁적이는 버릇이
었다. 꼭 현철이 그랬던 것처럼. 그런데 이상한 것은 귓

가를 긁으면 긁을수록 가렵다는 것이었다. 긁으면 긁을수록 가려운 사람처럼. 가려운 곳을 괜히 건드려버린 사람처럼. 그리고 귓가를 긁을 때마다 가끔씩 현철의 말을 떠올린다.

비열하고 역겨워도, 그래도 보상받고 싶다는 말.

나는 그 말을 내 생활의 여기저기에 갖다 붙여본다. 그러나 무엇을 어떻게 해야 하는지 잘 알 수가 없다.

정호는 여전했다. 주말이면 배드민턴을 치고, 엄마의 미용실에서 머리카락을 자르고, 주말이면 소주와 맥주를 섞어서 족발과 같이 먹으며 얼굴을 붉히고, 가끔은 술 없이 족발이 아닌 짜장면을 시켜 먹기도 하고. 정호는 정말로 현철을 잊은 것 같았다. 아니, 정호는 현철을 잊었다. 나는 아직 정호에게 제대로 된 이야기도 듣지 못했는데. 그리고 여전히 정호가 무엇을 했는지, 생각하고 있는데. 그러면서 동시에 현철을 떠올리고 있는데.

등 뒤에서는 정호가 재미없는 코미디 프로그램을 보고 하하하 부푼 빵처럼 웃고 있는 소리가 들린다. 그리고 나는 아무도 없는 창밖의 거리를 바라본다. 거리에는 개, 고양이 한 마리 지나지 않고 멀리서 우는 소리조차 들려오지 않는다. 씨발, 씨발, 이제는 내가 정호 대신 그 말을 입에 달고 산다. 씨발, 씨발, 진짜로 엿 같네. 나는 가끔 창밖을 보면서 내가 너무 시시해서 죽어버릴 수도 있을 것이라는 생각을 종종 한다.

그
런

사
람

수강생으로부터 연락이 온 것은 근 칠 년 만이었다. 그는 내가 이십대 초반 문화센터에서 첫 소설 수업을 맡았을 때 자리를 차지하던 사람 중 하나였다. 처음에는 기억이 가물가물했으나, 그가 왕십리의 전경과 당시 내가 수업에서 했던 말들, 나누어 읽던 책들을 읊기 시작하자 그때의 기억이 천천히 되살아났다. 그때 그는 미혼이었고, 어리숙한 서류 가방을 옆자리에 둔 채 땀을 뻘뻘 흘리며 에어컨을 틀어도 좀체 시원해지지 않는 강의실 뒤편에서—전 수업 시간에 사용했던 색종이니, 수수깡이니 하는 여러 가지 것들이 널브러진 곳에서—반듯하게 앉아 있는 사람이었다. 그때 그가 썼던 글도 기억이 났다. 히키코모리에 관한 소설이었는데, 그게 그와 판박이처럼 닮아 있어서 별 이야기를 하지 않고 넘어간 것이 생각났다. 내가 붙일 말이 있었겠나. 그냥 그대로 읽은 것뿐이지. 제목이 깍두기였나. 그의 글은 읽어 내려가다 보면 금방이라도 도마 위에서 서걱서걱 잘리는 무를 상상하기에 딱 알맞았다. 내 기억이 맞는다면 그가 쓴 소설의 내용은 모두가 집을 나서고 주인공 혼자 남았을 때, 주인공이 거실로 슬쩍 나와 갓 담근 깍두기를 몰래 손으로 집어 먹고는 방으로 후다닥 들어가는 것이 전부였다. 그 소설을 다 읽었을 때쯤엔 손가락 끝에서 시큼털털한 잘 익은 깍두기 냄새가 나는 것도 같았다. 이토록 생각할수록 선명해지는 그의 소설과는 달리, 그의 얼굴은 기억 속에 전무했다. 하기야, 그 소설에 대한 기억도 그 당시 무엇이든 선명하게 다가왔던 시절 상의 특징 중 하나 정도로 생각하면 그다지 선명한 편에 속한 것도 아니었다.

기억 속 멀리에서 유영하다가 곧 사라져도 무방한 그가 연락을 해온 이유는 단지 나를 아주 뜬금없는 장소에서 알아보았기 때문이었다. 서울에서 무려

3870킬로미터 떨어진 이곳에서, 휴가철이 지나 사람이 다 빠져 사람이라곤(특히 한국인이라곤) 개미 한 마리 찾아보기 힘든 이곳에서. 그것도 뜨거운 40도의 지열 속에서 무방비나 다름없게도 모자나 선글라스도 쓰지 않고 떡진 머리로 슬리퍼를 질질 끌면서 인도를 터덜터덜 지나가고 있는 나를. 가끔 그늘진 곳에 몸을 뉘어 쉬고 있는, 갈비뼈가 보일 정도로 마른 개들과 그 개의 반 토막 정도 되는 쥐들이 빠르게 어딘가를 횡보하는 그 풍경 속에 섞여 있던 나를. 하필이면 어떤 표정을 짓고 있었을 나를. 자꾸 가벼워지고 싶다고 생각하는 나를.

선생님 잘 지내셨어요?

그 연락을 받았을 때 처음에 나는 그걸 무시했다. 그러나 곧이어 오는 연락에는 답장을 할 수밖에 없었다.

선생님 혹시 후아힌에 계세요?

네?

역시, 맞으시죠? 아까 본 것 같아서요. 락사수바 리조트 근처요.

근처……세요?

네, 막 락사수바 리조트 가까이로 지나가시는 것 보았어요. 선생님인 걸 바로 알아봤어요. 와, 어떡해. 혹시 거기 묵으세요? 너무 반가워요.

SNS로 날아온 그 메시지를 보자마자 주위를 둘러보았다. 나는 그가 말하는 락사수바 리조트에 세 달째 묵고 있는 중이었다. 그리고 막 밖에서 무거운 산책을 마치고 리조트로 돌아와 벌겋게 익은 종아리를 작은 풀장의 물속에 담그고 있는 중이었다.

주변에는 아무도 없었다. 그저 형체가 보이지 않지만 멀리서 가끔 가악질을 해대는 새소리와 돌바닥을 빠르게 기어가는 개미 그리고 알 수 없는 야자나무와 향기가 좋지만 징그럽게 잎이 큰 꽃밖에는 보이지 않았다. 아, 누군가 놀다가 버려서 한참을 가져가지 않아 주위를 기웃거리다가 주워온 분홍색과 하늘색이 섞인, 내 몸통만 한 튜브도 있었다. 나는 괜히 그 튜브를 보면서 이런 것까지 그가 목도했을 수도 있겠다는 생각을 했다. 그리고 어쩌면 꽤 오래 나를 지켜본 것은 아닌가, 하는 뜬금없는 생각까지 덩달아 했다. 그 예감은 예감이라는 말처럼 얼토당토하지 않고 어떤 단서가 있던 것도 아니었지만 말 그대로 그저 그렇게 생각된 예감,

그 자체였다. 그는 갑자기 튀어나왔고 나의 입장에서는 좋은 의도로 아는 체를 했다고 해도 그는 불청객 그 이상도 이하도 아니었다. 특히나 그 시절에 대한 이야기는 나를 무겁게 하기에 충분했다. (참고로 그 튜브의 주인은 리조트에 묵었던 스웨덴 노부부의 늦둥이 어린 자녀의 것이었다. 그리고 버리고 간 것이 분명했다. 그래서 내가 그것을 주운 것이고. 나는 자동적으로 그를 더듬어 생각해보기 시작했다. 그는 어땠나, 그는 어떤 사람이었지.)

나는 좀 전에 길가에서 만났던 누군가들을 머릿속으로 다시금 그려보았다. 그동안 나를 스쳤던 사람은 한국인이건 태국인이건 몇 되지 않았기에, 몇 명을 머릿속으로 추려보았지만 문제는 그 얼굴들을 다 떠올려보아도 그라고 여길 만한 인물이 전혀 생각나지 않는다는 것이었다. 그는 누구인가. 어떤 인상이었지? 나는 다시금 골똘해졌다. 그러나 그의 얼굴은 나에게 셀로판지를 씌워놓은 것처럼 불투명했고 그 당시 더운 강의실에 앉아 천천히 젖어가던 그의 소라색 와이셔츠만이 선명하게 남아 있을 뿐이었다. 조금 살집이 있는 체격과 땀으로 젖어드는 바지를 매만졌던 모습들도.

나는 그의 그런 불투명한 모습들을 선명하게 그

리며 혼자서 고개를 끄덕였다. 그리고 그의 반갑다는 말에 답장하지 않았다. 나는 반갑지 않았기 때문이었다. 그가 누구든 기억이 나든 나지 않든 중요하지 않았다. 지금 나에게는 그저 아무런 생각도 하지 않는 시간이 필요했다. 그러기 위해 여기에 온 것이니까. 낯선 곳에 지금 막 뿌리내린 사람 같은, 멀뚱멀뚱한 채로 방금 태어난 새끼 고라니 같은 표정을 짓는 게 나에게는 필요했다. 가벼워지기 위해, 더 가벼워지기 위해.

숙소로 돌아왔을 때에는 막 해가 지고 있었다. 눈앞에 보이는 건 숙소를 나갈 때 켜둔 티브이 불빛뿐이었다. 티브이에서 남녀가 테이블에 앉아 오랫동안 지루한 식사를 하는 모습이 보였다. 장장 50회를 앞두고 있는 드라마 시리즈에서 그들은 매번 먹기만 했다. 싸우고 나서도 식탁에 둘러앉아 무언가를 먹었고, 눈물 콧물을 쏙 빼도록 울다가도 식탁에 둘러앉아 포크를 들었다. 섹스를 하고 난 다음에도(혹은 그 바로 직전에도) 마찬가지였다. 아무 일도 없었다는 듯이, 그저 먹는 것이 그들의 일이라는 듯이 식탁에 앉아 구운 터키쉬 빵에 햄이 들어간 샌드위치와 와인을 게걸스럽게 먹어댔다.

그 모습은 마치 누군가에게 그들이 얼마나 더 끈질기게 오랫동안 씹고 마실 수 있는지를 보여주는 것만 같았다. 그들을 보고 있으면 무언가 먹는 것이, 삼키는 것이 끔찍하게 느껴졌다. 그리고 이상하리만치 서운한 기분이 들었다. 살기 위해서 무언가를 씹고 마시는 것이 응당 당연하고 연쇄적인 일이라고 느껴지는 그 태도가. 나는 그들을 보다가 이곳으로 오기 선, K와 마주 앉아 덜 익은 고기를 오래 씹었던 때를 떠올렸다.

그만두고 뭐 하려고?

불판을 사이에 두고 K가 말했다. K는 깔끔하게 자른 머리 선을 자랑했다. K는 단정한 와이셔츠에 파란색 은은한 광택이 도는 시계를 왼쪽 손목에 차고 있었다.

모르겠어요.

모르겠는데 아무런 대책도 없이 그만둔 거니?

나는 아무 말도 하지 않았다.

내가 너한테 큰 잘못을 한 것 같구나.

K는 마치 내가 어린아이라도 되는 것처럼 말했다. 어른이 어린아이를 타이를 때의 어투로, 애초에 반항이라는 것을 염두하지 않은 사람처럼.

나는 우리가 연애를 한 거라고 생각했다. 너도 알다시피…… 너는 다 알면서도 만났잖니. 나를. 나는 우리가 서로 사랑했다고 생각한다. 그게 너무 짧았고, 서로 그것에 대해 말해본 적도 없지만.

K는 못 박아 말했다. 나는 K가 왜 이제야 그런 이야기를 하는지 알고 있었다. 마지막이 되어서야 포장이 필요한 말들. 나는 K에 대해서 아는 것이 없었다. 그의 말에 따라, 딸이 둘이나 있고 이혼하지 않은 와이프가 있고 나의 상사였다는 것 빼고는. 덜 익은 고기의 핏물이 입안 가득 퍼졌다.

혹시 내가 너한테 잘못한 것이 있다면 용서해줄 수 있겠니?

K는 말했다. 언제나 그렇듯이 신사다움을 가장한 말도 안 되는 말들을 K는 곧잘 했다. 나는 테이블에 앉아서 잘 씹히지 않는 고기의 힘줄을 열심히 씹었다. 그리고 어떤 말을 하기보다 어떤 표정을 짓기에 바빴다. 나의 의지와는 상관없는, 마치 영혼이라도 몸속에서 빠져나간 것 같이 얼빠진 표정. 그리고 그 표정을 잇는 더 얼빠진 말들.

고기가 너무 질겨요.

뭐?

고기가 너무 질기고 덜 익었다고요.

……참, 가볍구나. 너도.

나는 그런 말을 하는 K를 물끄러미 바라보았다. 체념한 듯한 말투와는 달리 K의 표정이 어떤 때보다 평온해 보였다. 정말 아무 일도 되지 않아서 다행이라는 듯한 표정. 고기를 씹으며 그가 살짝 웃어 보였다. 웃어 보이는 그가 가벼워 보였다. 나는 그때 어렴풋이 알았다. 가볍다는 것이 얼마나 좋은 것인지를. 다 잊고 새로운 껍질로 갈음한다는 것이 얼마나 편한 것인지를.

내가 그만두자, 회사 내에서 간단한 말이 돌았다고 유정이 말해주었다. 뭐라고 했더라. 유부남을 꼬신 어디서 굴러 들어온지 모르는 애. 다 알면서도 만난 어리석은 애. 머리채를 잡고 가기에 딱 좋은.

유정은 그 말을 하는 내내 단발머리를 연신 매만졌다.

네가 거기 없으니까 그런 사람이 되어 있잖아. 물어뜯어서라도 말했어야지.

내가 뭘 말했어야 하는데?

내가 아는 전부.

네가 아는 전부?

응.

유정아, 네가 아는 게 뭔데?

뭐긴, 너한테 추잡하게 군 것들 다 말해야지. 그
드러운 걸.

유정은 막걸리를 연거푸 마셨고 화를 내고 있었
지만 나는 이상하게 하나도 화가 나지 않았다. 화가 난
다기보다 경직되어 있었다.

그런데 유정아, 너가 추잡하다고 말한 그 말을
내가 어떻게 다 말해. 추잡하잖아. 그래서……. 드럽다
잖아. 너도.

그러니까, 참고서라도 말해야지. 처음부터 받아
주지 말았어야 돼, 김 대리가 추근덕거릴 때부터 술 먹
고 집 밖에서 기다리는 것부터 성추행 비슷한 말들이나
행동 등등.

유정은 그때 나보다 더 억울한 사람의 표정을
짓고 있었다.

넌 안 억울해?

나는 억울하지 않았다.

난 거기에 없잖아, 이제.

나는 그저 그것으로도 숨통이 트였다.

거기에 없으면 되는 거야? 그러면 끝나?

거긴 너무 무겁잖아. 난 가벼워지고 싶은데.

유정이 이해하지 못할 때 짓는 특유의 표정으로 나를 뚫어져라 쳐다보았다.

널…… 정말 모르겠다.

나는 얼굴이 벌게져 있는 유정에게 어떤 말이라 도 뱉고 싶었지만 그러지 않았다.

선생님.

나는 숙소에 누워 그의 메시지를 다시 한번 읽 어보았다. 그리고 그 글자에 멈춰 있었다. 낯간지럽고 피하고 싶은 그 호칭. 오랜만에 온몸에 소름이 돋았다. 이곳에 와서 그런 기분이 든 것은 오랜만이었다. 사소 하게 반응하는 몸을 보니, 이곳에서 석 달을 참 평온하 게 지내왔다는 생각이 들었다. 하기야, 그러기 위해 여 기 온 것이니까. 밖에는 여전히 알 수 없는 곳에서 울어 대는 새소리가 들렸다. 이곳의 좋은 점은 그 누구도 나 를 아는 이가 없다는 것이었다. 그리고 알 리도 없다는 것이었다. 그 점이 나를 안심하게 했고 나를 가볍게 했다. 그런데 뜬금없이, 그것도 아주 잊고 있었던 어떤 한 시절에 머물러 있는 그가 나를 불렀다는 것은 나의 미묘한 감정을 불러일으키기에 충분했다.

　　나는 이곳에서 한국어가 아닌, 알아들을 수는 없지만 부드럽고 뭉그러진 발음의 타국어에 취해 있었다. 그렇기에 갑자기 나에게 보내온 선생님이라는 말도 안 되는 호칭에 오랜만에 인상을 구길 수밖에 없었다. 이제 나는 그 누구의 선생도 선생 비슷한 위치도 아니었다. (따지고 보면 그 당시에도 그렇게 불려왔을 뿐 진짜로 그런 적이나 있었나?) 지금의 나는 그 시절 문화센터의 나와는 전혀 딴판인 사람이었다. 지금의 나는 뭐랄까, 지난 일에 대해서도 어떤 일에 대해서도 생각하지 않는 사람이었다. 그저 가벼워지고 싶다는 생각을 반복해서 하는 사람이었다. 그러나 가벼워지는 것이 뭘까, 생각하는 사람이었다. 하지만 그런 생각과는 달리 얼마 뒤에 나는 기어코 그에게 답장을 보냈다.

　　정말 근처세요? 절 보셨어요?

　　나는 그라는 사람을 기억 속에서 천천히 되짚기 시작했다. 역시나 가벼워지고 싶었는데, 그러지 못하는 사람처럼.

그의 인상과 얼굴은 잘 기억나지 않지만 그가
쓴 소설 말고도 그라는 사람에 대한 기억이 아예 없는
것은 아니었다. 문화센터 수업이 끝나고 첫 책을 출간
했을 때에도 그는 나에게 연락을 몇 번 취했었다. 간혹
그가 나의 SNS 계정으로 안부를 묻거나 첫 책에 대한
서평을 보냈던 적이 있었기 때문이었다. 당시 그가 보
내온 글들을 감명 깊게 여러 번 읽었던 것이 기억이 났
다. 첫 책, 외로웠고 쓸쓸했고 창피했던 그 시절, 생각지
도 못한 곳에서 고마움을 전달한 사람, 그러나 흐릿하
게 남아 있는 풍경처럼 특별한 애착 없이 그저 막연한
마음으로만 남아 있는 사람이 그였다. 그리고 당시에는
그 말고도 그라고 불릴 만한 이들이 몇몇은 있었다. 물
론 그들은 지금쯤 가벼운 사람처럼 어딘가에서 살고 있
겠지.

혹시 여행 중이실까요? 일정이 어떻게 되는지
여쭤봐요. 저는 여기 온 지 한 달이 다 되어가거든요.

나는 그의 메시지를 바라보고는 한 달이라는 단
어에 멈춰 있었다. 어쩌면 그가 정말로 나를 계속해서
보았을 수도 있겠다는 예감이 예감만은 아닐 수도 있겠
다는 생각이 들었다. 한 달이라, 벌써 세 달이 다 되어가

는 동안 이 작은 휴양도시를 밤낮없이 누볐지만 그리고 짐작할 만한 이를 본 적이 없었는데.

아니요, 쉬고 있어요.

그의 답장은 빨랐다.

혹시 소설 쓰시려고 오신 건가요?

그는 마치 그게 본론인 것처럼 곧바로 말을 덧붙였다. 그리고 나는 그 본론에 도달하지 않아야 한다는 듯이 짧게 답했다.

아니요, 그냥 쉬러요. 아무것도 안 하러요.

아, 선생님 첫 소설 이후로 매번 기다리고 있거든요. 첫 번째 소설집 나오고 그다음 소식이 조금씩 뜸해서 선생님 소식 많이 찾아보고 신간 나왔나 보고 그랬어요. 사실 저는 아직도 소설을 쓰고 있거든요.

아, 그러시구나……

선생님도 계속 쓰고 계시죠? 궁금해요. 선생님 다음 소설.

그는 마치 다시 본론으로 돌아가려는 듯이 그렇게 말했다. 그리고 나는 다시금 아니요, 라고 짧게 답장했다. 무시할 수도 있었지만 그랬다. 아니니까.

헉, 왜요? 무슨 일 있으세요? 저는 매번 쓰면서

선생님한테 하고 싶은 말이 너무 많았는데. 지금은 쓰면서 어떤 마음인지, 주로 어떤 생각을 하는지…… 그때처럼 문화센터는 아니어도 외부 수업 같은 건 안 하세요? 가끔 만나 뵙고 싶어서 찾아보고…… 그랬어요. 근데 찾을 수가 없더라고요……. 어떻게 지내신 거예요?

그는 마치 몇 주 전에도 대화를 나눈 사람처럼 메시지로 주서리주서리 여러 가지 말을 이어갔다. 나는 그때의 일과는 전혀 상관없는 사무직으로 일했다. 자주 그만두고 새 일자리를 알아보는 식이었지만, 그것도 몇 년 전 일이었다. 나는 그의 메시지가 불편했지만 굳이 성의 없다는 것을 보여주기 위해서 성의 없어 보일 만큼의 답장만 보냈다. 지금 생각해보면 애초에 답장을 하지 않았으면 되었겠지만, 막연하게 느껴지는 불안감이 나를 그렇게 이끌었던 것 같다. 그가 누구인지 모른다는 생각, 내 기억 속에는 없지만 그의 기억 속에 내가—내 생각보다 훨씬—선명할 것이라는 두려움. 게다가 그의 기억 속의 내가 어떤 모습인지, 얼마나 선명한지 언뜻 알고 싶은 마음도 아예 없는 것은 아니었다.

저는 그냥 지냈어요. 민망하게도 딱히 뭘 하면서 지냈다고 할 만한 것이 없네요.

의미 없는 대화를 이어가다가 그가 나에게 만나
자는 메시지를 보냈다.

선생님 머무시는 동안 꼭 뵙고 싶어요. 꼭 만나
고 싶어요. 무조건. 그럴 수 있겠죠?

그의 말에는 무언의 의지가 담겨 있었다.

기회가 되면 봐요.

나는 고민하다가 애매하게 답했다. 이렇게 연락
이 닿은 이상 앞으로 이 작은 휴양도시에서 그를 만나
지 않기는 오히려 어려울 것 같다는 생각이 들었다. 우
연히 그가 나를 다시금 알아보고 등을 툭툭 두드리는
일이 생긴다면 어쩔 수야 없겠으나, 약속을 잡아 이 작
은 동네에서 얼굴을 맞대고 맥주든 위스키든 주스든 나
누어 마시고 싶지는 않았다. 그렇기에 그 대답은 내가
할 수 있는 가장 적절한 대답이었다. 기회가 없기를 바
라면서 하는 말이었으니까. 계속해서 이상한 기분이 들
었다. 객관적으로 생각해보면 나에게 함부로 대하는 것
도 아니고 오히려 그 반대인 그의 말에 묘한 거부감이
드는 것이.

꼭 봐요.

그 말을 끝으로 내가 답장을 보내지 않자, 그도

더 이상 메시지를 보내지 않았다. 나는 숙소로 들어가 바닥에 아무렇게나 앉은 뒤에 냉장고에서 위스키와 소다수를 꺼내서 한 잔 가득 따라 마셨다. 그러곤 한 잔, 두 잔 연거푸 마시며 생각을 가지런히 했다. 떠오르는 생각들을 깨끗이 지워가다 보면 어느새 잔이 비어 있었다. 그게 생각을 가볍게 하는 가장 좋은 방법이었으니까. 양팔에 힘이 천천히 느슨해지는 것이 느껴졌다. 술은 항상 나에게 가장 좋은 방법으로 나를 가볍게 해주곤 했다. 몸이 서서히 가벼워지자 나는 그 시절을 잠깐 떠올렸다. 그가 말한 칠 년 전 어느 때를. 그러자 잊고 있었던, 시절이라고 불릴 수 있었던 일들이 뭉뚱그려져 머릿속에서 떠올랐다. 심장이 불쾌하게 두근거렸다. 그 뒤에 꼬리에 꼬리를 무는 생각들이 이어졌다. 그러자 뜬금없는 어떤 생각이 불쑥 나를 찾아왔다. 그는 나를 어디까지 기억하는가. 내가 기억하고 싶어 하지 않는 곳까지도 그가 기억하고 있을까. 여기까지 생각이 닿았고, 이미 위스키 한 병이 비워진 상태였다. 나는 정신을 차리려 고개를 도리질했다. 그러나 오히려 술기운이 더 올라왔다. 술이 조금씩 오르자, 나는 그 김에 메시지를 보내온 그의 계정에 처음으로 들어가 보았다.

그의 계정에는 책과 영화에 대한 내용이 가득했다. 그 사이사이 막 걸음마를 시작한 딸아이의 모습이 보이기도 했다. 계정의 사진들에는 아이와 함께 아내처럼 보이는 여성의 뒷모습이 자주 등장했다. 책이나 영화에 대한 글들은 빽빽하고 지저분한 해시태그로 가득했지만 그의 딸아이나 아내처럼 보이는 사진에는 특별한 코멘트가 없었다. 게다가 아래로 내려가다 보면 매년 가을마다 여전히 그 시절의 어떠한 산물인 것처럼 깍두기를 담그는 사진도 있었다. 그 밑에 쓰인 글들은 잘 이해할 수는 없지만 여전히 그의 소설에 관한 자신의 이야기들이 가득했고 #소설 #첫소설 #내첫소설 #내소설, 이라는 해시태그가 잔뜩 달려 있었다.

그의 계정에서 그의 사진은 실루엣도 찾아볼 수가 없었다. 그의 사진이 없어서 그의 얼굴은 여전히 알 수 없었지만 그래도 오히려 누군가의 아버지, 그것도 딸아이의 아버지가 되었다고 생각하니 미묘한 반감이 조금 줄어들었다. 가족과 같이 휴양지 여행을 온 것일 수도 있다는 생각도 들었기에, 오히려 그의 계정을 보게 되어 다행이라고 생각했다. (말하자면 도피에 가까운)

장기간 여행에 너무 예민하게 신경을 곤두세우고 있는
것은 아닌가 하고 반문하게 되었다. 그도 그럴 것이, 우
기라는 기후에 걸맞게 걸핏하면 소낙비가 내려 날씨가
습했고 이는 멀쩡한 사람조차 예민하고 지치게 만들기
에 충분했다.

　　나는 그의 계정을 대강 훑어보다가 위스키 한 병
을 더 꺼내 마셨다. 취기가 돌자 귀에서 모든 소리가 멀
어졌다. 그래, 나는 이 순간을 위해 여기 왔지, 다시금 그
런 생각이 들었다. 그런 생각만으로도 어딘가 마음 한
켠이 붕 뜬 것처럼 가벼워지고 있었다. 내가 무슨 생각
을 했더라, 나는 점점 생각에서 멀어졌다. 그러곤 그에
게 조금 미안한 마음이 들기도 했다. 이대로라면 정말
우연히 기회가 되어, 그를 이 작은 휴양도시에서 만나게
되더라고 웃으며 인사할 정도의 가짜 여유를 가질 수도
있어 보였다. 역시 좋구나, 가볍다는 것은.

　　눈을 떴을 때 나는 차가운 대리석 바닥에 얼굴
을 문댄 채 자고 있었다. 잠인지 무엇인지 모를 것에서
깨자마자 동시에 허기가 일었다. 위스키 한두 잔만 할
생각이었는데, 주위에는 내달 안에 먹으려고 쟁여놓았

던 술병들이 모조리 다 빈 채였다. 이곳에 오고 난 이후 매번 마시기는 했어도 이렇게 갑자기 술을 들이부은 것은 처음이었다. 분명 어떤 기분이 들었고 잠깐 그 기분이 고양되었고 그 때문에 자꾸만 냉장고를 열어 술을 날랐는데, 눈을 떠보니 그 기분이 어떤 기분인지 기억이 나지 않았지만 주변에는 빈 병이 나뒹굴고 있었다. 맨바닥에서 눈을 뜬 것이 오래된 일처럼 느껴졌다. 뺨은 차갑고 머리는 깨질 것 같고, 어딘가 온몸이 땀에 젖은 것처럼 찝찌름하고. 주변에 술병이 널브러진 광경을 보니 이곳에 오기 전, 한참 미친 듯이 술을 퍼붓던 때가 머릿속을 스쳤다. 나는 그때 술병 속에 K에 대한 기억을 모두 가두어 마셨다. 유부남을 꼬신 어디서 굴러 들어온지 모르는 애. 다 알면서도 만난 어리석은 애. 머리채를 잡고 가기에 딱 좋은, 추잡하고 더러운 등등의 것들이 술병 속에 갇혀 아옹다옹 다투는 소리가 들렸다. 한 잔 두 잔 마실 때마다 그 소리들이 점점 멀어졌다. 고작 몇 달 전인 그때를 오래전이라고 생각할 수가 있나. 정말로 그럴 수가 있나. 모든 게 조금씩 더 멀어진 것처럼 느껴진 것을 보니 알지 못하는 사이, 나도 어느 정도 가벼워진 것인가. 정말로?

그때 나는 술 없이는 살 수가 없었다. 술을 마셔야 했고, 술을 마시지 않기 위해 참아야 했다. 생활에서 선택지는 단 두 가지였다. 그 속에서만 줄타기를 해야 했고 술을 마시지 않고 조금이라도 오래 버티는 날에는 다음 날 그만큼의 보상이라도 해주는 것처럼 평소의 몇 배나 되는 양을 마셨다.

왜 그렇게 술을 마시니.

왜 그렇게라니?

병원 가자.

병원?

치료 받자.

치료?

나는 반문할 뿐이었다. 그 말을 누가 했더라. 유정이? 내내 아무 일 없는 사람처럼 멀쩡하게 지내다가 돌연 일을 그만두고 방구석에서 다 쓰러져가는, 인간 같지 않은 나에게 그런 말을 해준 사람이 누구였더라. 잘 모르겠다. 아마 그 둘 중 하나였겠지. 그리고 이곳으로 온 것이었다. 여기를 오기 위해 여기에 온 것이니까.

주변에 지저분하게 널브러진 술병을 보았지만, 마음에 별 동요가 일지 않았다. 지금이 그때처럼 제어

되지 않는 상태가 아니라는 것을 알고 있어서일지도 몰랐다. 그때처럼 마시지는 않을 것이었다. 그 시절도 잊기 위해서 여기에 온 것도 맞으니까. 그런데…… 내가 잊지 않으려 한 것에는 무엇이 있는지……, 나는 문득 궁금해졌다.

나는 관자놀이를 짚은 채로 몸을 일으켰다. 티브이는 어느새 꺼져 있었다. 검은 화면에 내가 비쳤다. 화면에는 삼십대 초반의 여자라고 불릴 만한 모습이 하나도 남아 있지 않았다. 그러나 나는 어쩐지 그런 점이 마음에 들어 티브이를 보고 오랜만에 씨익 웃어보였다.

대충 옷을 주워 입고 하우스키퍼를 불렀다. 그러자 매번 내 방 청소를 하는 린이 까맣고 야무진 손으로 방문을 노크했다. 작달만하지만 어딘가 다부진 느낌의 린. 눈빛에서 선한 힘이 느껴지는 린. 린은 방으로 들어가기 전, 내 뒤편으로 펼쳐진 방의 상태를 힐긋 보았다. 그건 린의 습관이었다. 나는 벌써 세 달째 마주하는 린에 대해 보이는 것만 볼 뿐, 그녀가 몇 살인지 혹은 얼마나 이곳에서 일했는지, 고향은 어디인지에 대한 여타의 질문들을 하지 않았다. 서로 잘 알지 못한 채로, 그저 지저분한 알코올중독자처럼 보이는 나와 하우스키

퍼 린으로 우리는 만났다. 그러나 린은 내 방문을 열면서 항상 말했다.

맘, 알 유 오케이?

그리고 린이 그렇게 물으면 나는 항상 이렇게 말했다.

아임 굿.

나는 슬리퍼를 끌고 밖으로 나왔다. 머리카락은 여전히 떡진 채였고 뺨 한쪽에는 침인지 술인지 구분할 수 없는 게 조금 묻어 있었다. 나는 대강 손등으로 그것들을 닦아냈다. 거리는 여전히 찜통이었다. 이 익숙한 찜통 거리, 이 익숙한 갈조류 냄새. 거리로 발을 들이자 술이 달아올랐다. 나는 주변을 둘러보았다. 해산물이라면 지겨웠고 이곳에 한국 음식을 파는 곳은 없었다. 설령 있다고 한들 그 맛이 상상 가 벌써부터 속이 좋지 않았다. 한국 음식 비슷한 것이 먹고 싶을 때면 일본의 파인 다이닝 식당을 찾기는 했으나 맛도 별로고 가격만 많이 나가, 이도 저도 다 포기한 채 항상 가던 피자집으로 향했다.

나는 조니 피자라는 먼지 낀 네온사인이 번뜩이

는 간판 밑으로 들어갔다. 그리고 익숙하게 화장실과 두 테이블 정도 떨어져 있는 구석진 8번 테이블에 자리를 잡았다. 종업원이 다가와 메뉴를 가져다주자 나는 페퍼로니피자에 맥주를 시켰다. 그들은 이제 나를 그저 킴이라고 불렀다. 정확히 킴이라고 말하고는 내가 매번 같은 메뉴를 시킬 때마다 해사하게 웃었다. 이 익숙한 쩜통 거리, 익숙한 화장실 옆 테이블, 익숙한 짜디짠 페퍼로니피자. 익숙하지 않은 킴이라는 이름. 나에게 없는 해사한 웃음.

펍의 테라스 바깥으로 늘 보던 조명들이 번쩍거렸다. 앞에는 조잡하게 개조한 툭툭이와 오토바이를 타고 담배를 피우는 기사들이 보였다. 나는 그들과 멀리서 눈으로 인사했다. 어떤 때에는 그런 눈인사가 다른 것보다 따뜻한 위로가 되기도 했다. 핸드폰 배터리가 별로 없다는 진동과 함께 유정에게서 메시지가 와 있었다. 단발머리를 찰랑이며 갈색 크로스 백을 멘 채 얼굴을 구기는 유정의 모습이 눈앞을 스쳤다. 유정의 말이라면 안 봐도 뻔했다. 유정은 지금 나의 생활이 눈물 나게 부러운 생활이라고 말했다. 하지만 유정의 진짜 마음이 그게 아니라는 것은 우리 둘 다 알고 있었다.

어때? 여전히 좋아?

좋지.

술은?

안 먹지, 잘.

안 먹는 게 아니고, 잘 안 먹는 거야?

응, 잘 안 먹어.

되도록 먹지 마.

그때처럼은 안 마셔. 피곤해.

벌써 세 달째인데, 언제쯤 오려고?

가야지. 곧.

그 말만 벌써 몇 번이네. 날짜는 안 정한 거야? 오긴 올 거야? 안 오려고? 안 오려고 간 거지, 너.

안 가긴 왜 안 가. 나 팔자 좋게 쉬러 온 건데.

그러니까, 갑자기 왜.

갑자기가 어디 있어. 다들 보면 그런 거 있잖아. 인생이 너무 지겨워서 훌쩍 떠나고, 거기서 일상의 소중함도 배우고 그런 거.

넌 그런 거 아니잖아.

내가 그런 거야.

넌 그런 케이스 아니잖아. 그래서 간 거 아니잖

아……. 갑자기 술만 마시고, 정신은 다른 데 가 있고. 너 혹시 김 대리 때문에…….

유정아. 난 그냥 쉬려고 온 거야.

그런데 이렇게 몇 달 동안 안 와? 아무 준비도 없이 일도 다 그만두고, 가기 전까지 멍하게 앉아서 무슨 생각하는지도 모르는 사람처럼 얼빠진 표정으로……. 내가 아는 것 말고 다른 일이 있었어? 왜 아무 말도 안 해주는데? 내가 왜 그런 것도 모르고 있어야 돼?

내 표정이 그랬어?

네가 그랬어. 진짜……, 영혼이라도 나간 사람처럼. 내가 얼마나 걱정…….

내가 그랬구나. 근데, 그래서 내가 여기 온 거야. 편하게 좀 있으려고. 피곤해서. 근데 유정아, 다이어트는 잘돼?

무슨 뜬금없는 소린데.

다이어트, 잘되냐고.

제발 좀…….

난 너한테 그런 게 궁금해. 나한테 그만 궁금해하고 네 이야기 좀 해줘. 나는 그게 필요해서 여기 온 거야.

유정은 내 말에 아무 말도 하지 않은 채 한숨을 여러 번 내뱉었다.

종업원이 커다란 쟁반 위, 뜨끈하고 얇은 페퍼 로니피자를 테이블에 내왔다. 페퍼로니피자는 늘 짰기에 나는 그것을 야금야금 베어 먹었다. 맥주가 비워질 때마다 종업원이 알아서 시원한 맥주를 먼저 가져다주었다. 세 번째 시원한 맥주가 눈앞에 놓였을 때쯤, 유정에게서 어떤 메시지가 하나 더 왔지만 읽지 않았다.

깡마른 몸에 예쁜 홀복을 입은 언니들이 거리를 오가기 시작했다. 그녀들이 지나갈 때마다 눈을 감고 코를 킁킁대게 하는 좋은 냄새가 났다. 예쁘다, 좋다, 나는 그녀들이 지나갈 때마다 그런 생각을 하며 맥주를 마셨다. 종업원은 맥주잔이 비워질 때마다 바쁘게 새 맥주를 가져다주었다. 머리가 띵하면서 온몸이 차가워지는 맥주. 어딘가 다시금 가벼워지는 것 같은 기분이 들게 하는 맥주. 나는 맥주를 계속해서 홀짝홀짝 마시기 시작했다. 그리고 다시금 서너 잔쯤 비워냈을 때, 등 뒤에서 나를 부르는 소리가 들렸다. 킴, 이라는 이름 말고 진짜 내 이름. 그리고 불쾌한 그 호칭. 분명한 한국인의 발음이었다.

저, 저기요. 맞으시죠?

나는 고개를 돌렸다. 이마가 조금 까지고 수염이 듬성듬성 난 사십대 초중반처럼 보이는, 낯선 한국인 남자가 나를 내려다보고 있었다. 쥐가 파먹은 것 같은 페퍼로니피자 조각이 놓인 내 앞에, 나의 이런 생활을 오랫동안 알았던 것 같은 눈을 한 그가 나를 내려다보고 있었다.

눈앞에는 처음 보는 남자가 서 있었다. 그러나 직감적으로 나를 부른 이가 그라는 것을 알았다. 키가 170센티미터 중반 정도 되어 보이는 그는 아무렇지 않게 내 앞에 앉아 떡하니 자리를 잡은 채 맥주를 주문했다. 그 모습이 너무 자연스러워서 마치 이때를 오래도록 기다린 사람 같아 보일 정도였다. 그의 손에는 화면이 깨진 구형 아이폰과 액상 전자 담배가 들려 있었다.

선생님, 요즘 어떻게 지내고 계세요? 너무 궁금했어요.

그는 곧바로 말을 이어갔다. 나는 그를 뜯어볼 새도 없이 어엿하게 합석을 한 모양으로 어정쩡하게 앉아 있었다. 나는 무언가 들킨 사람처럼 괜히 머리를 매만졌다. 그를 마주하자 취기가 천천히 달아나는 것 같았다. 그러자 온몸이 다시 천천히 무거워졌다.

아, 안녕하세요. 형석 님…… 맞나? 이름은 잘 기억이 안 나서요.

아하하, 형석 아니고요. 전혀 다른 이름인데, 저 상원석이요. 석은 맞추셨네요.

아, 네……

진짜 오랜만이에요, 선생님. 그런데 이렇게 가까이서 보니까, 예전 모습 그대로 남아 있네요. 선생님만 시간이 안 지난 것 같아요. 그때 앳된 모습 그대로 있다.

그는 너스레를 떨면서 말했다. 그는 기억 속에 남아 있지 않은 얼굴을 하고 있었다. 그의 얼굴은 어떠한 단서도 없이 전부 다 낯설었다. 그는 대본을 준비해둔 것처럼 말을 이어갔다.

음, 정확히 말하자면 그대로이긴 그대로인데, 분위기가 달라졌다고 해야 하나? 그런 것 같아요. 젖살도 좀 빠진 것 같고. 아무래도 그때는 좀 어리셨으니까. 아, 그때 생각난다. 그때는요. 선생님이 저보다 훨씬 어리지만 어딘가 멋있었거든요. 특히 본인 이야기할 때요. 남들은 꺼려하는 걸 그 앞에 서서 먼저 말했잖아요. 말하기 싫은 것들을 밝히면서, 고백하면서 쓰는 거라고. 근데……, 선생님 혹시 여행은 혼자 오셨어요?

나는 잠깐 대답하지 않았다. 그러다가 그에게 오히려 그 질문을 다시 던졌다.

형, 아니, 원석 님은요? 혼자 오셨어요?

네, 저 혼자요.

그는 일부러 혼자라는 말에 힘을 주어 말했다.

선생님도 혼자시죠? 이렇게 계시는 걸 보니.

내가 아무 말도 하지 않자 그가 알아서 말을 이었다.

저는요, 선생님을 진짜 만나고 싶었어요. 보고 싶기도 했고. 그 시절이 저한테는 여전히 안 잊혀요. 그때, 사실 이렇게 말하면 실례일지 모르겠지만 어린 여자 하나가 선생이라고 들어와서 이 말 저 말 떠들어대는데 그게 귀에 쏙쏙 박히고 좋은 거예요. 선생님 때문에 소설을 계속 쓰고 있는 것도 맞아요. 그래서 너무 감사하더라고요. 사실 저는 소설 쓰려고 여기까지 찾아 온 거거든요. 선생님은요? 요즘 잘 쓰고 계세요?

아니요. 뭐…….

나는 말을 얼버무렸다. 그러다 얼버무릴 필요가 없어서 곧이어 대답했다.

아니요, 뭘 쓴다 안 쓴다기보다 아무것도 안 하는 게 맞을 것 같네요. 뭘 쓰거나 그런 지는……. 좀 되기도 했고, 뭐라고 드릴 말씀이 없네요. 그냥 있어요, 그냥.

왜요? 저, 사실 안 쓰신다는 그 메시지 받고 깜짝 놀랐어요. 도대체 무슨 일이에요.

그가 호들갑을 떠는 말투로 말했다. 그의 양 콧볼이 붉어져 있었다.

그냥 무슨 일이 있어서 그런 건 아니고. 안 쓰다 보니 안 쓰게 되었다고, 말하는 것밖에는 맞는 말이…….

나는 어색하게 웃었다. 그러자 그도 따라 웃기 시작했다.

와하하, 말하는 것도 그대로시네. 그때 선생님 같아요. 여전히.

나는 나도 모르게 인상을 구겼다. 그의 말들이 모조리 신경에 거슬렸다. 술을 마실수록 그의 흰자위에 얇은 실핏줄이 드러났다.

가족 분들은 어쩌시고 혼자 오셨어요?

나는 일부러 신나게 떠드는 그에게 그 질문을 던졌다. 그러자 그가 갑자기 입을 다물었다. 그는 한참 숨을 고르더니, 소설 쓰고 싶어서요, 라고 짧게 말했다. 가족 이야기가 나오자 웃어대던 얼굴이 무섭도록 딱딱하게 굳어졌다. 그때부터 갑자기 묘한 긴장감이 스멀스멀 올라오기 시작했다. 정적 속에서 그가 헛기침을 하다가 맥주를 벌컥벌컥 마셔댔다. 그는 맥주를 마시고는 입가를 손등으로 닦아냈다. 맥주 거품이 수염 주변에 머물다가 사라졌다.

여기 맥주 참 맛있지요?

그가 정적을 깨고 다시금 말했다.

여길, 자주 오세요?

나는 그의 말에 그렇게 물었다.

네, 자주 와요. 여긴 먹을 것도 딱히 없고. 해산물은 지겹고. 일본 파인 다이닝 가봐야 비싸고 맛도 별로고. 피자가 좀 짜도, 좋잖아요. 맥주 마시기에는. 그렇죠?

나는 대답하지 않았다. 어쩐지 내 생각을 읽는 듯한 말에 섬뜩한 기분이 들었다. 언젠가 저런 말을 내뱉은 적이 있었던가, 싶은 생각도 들었다. 내가 맥주를 들자 그도 잔을 들어 올렸다. 나는 그와 어색하게 건배를 주고받았다.

같이 짠해요.

유리잔이 부딪히는 소리가 들리고 다시 정적이 흘렀다.

그런데 선생님, 여기 얼마나 더 머무르세요?

글쎄요……. 가고 싶으면 가려고요.

선생님, 그런데 있잖아요. 그때 제가 삼십대 초반이었는데, 지금은 마흔이 넘었네요. 선생님은 그때 제 나이고요.

……시간이 빠르긴 하죠. 언제 그렇게 지났는지도 모르니까.

그렇죠? 막상 생각해보면 어제 같은 일도 많은데, 그죠? 선생님.

그가 말하며 눈썹을 움찔거렸다. 나는 무언가 알고 있다는 듯한 그의 표정과 말투가 거슬렸다. 대답을 재촉하는 그 말투도. 자리를 박차고 나가고 싶었지만 일부러 참아냈다. 이 작은 휴양도시에서 다시 만날 것이 조금은 무서워서? 혹은 이렇게 박차고 나간 뒤에 다시 만났을 때의 불편함이 걱정돼서? 나도 잘 알 수가 없었다. 그저 거리감을 좁히는 듯한 그의 말투에 당황했고, 결로가 생긴 맥주잔을 드는 것으로 그 당혹감을 숨길 뿐이었다. 나는 그를 다시는 만나지 말아야겠다는, 남은 시간 동안에는 이곳에서 최대한 그를 만나지 않는 동선으로 가야겠다는 생각이 굳어졌다.

이만 일어나실까요. 전 이전부터 마시고 있었어서요.

나는 말했다.

벌써요? 아쉬워요. 저는 할 말이 너무 많은데. 사실 제가 요즘 쓰고 있는 소설은요……

저, 원석 님. 저는 소설 얘기해도 이제 잘 몰라요. 안 쓴 지도 됐고 안 읽은 지도 됐고 무엇보다 그냥 그런 얘기들이 이제는 재미가 없어요.

거짓말.

그가 나를 똑바로 보며 말했다.

네?

거짓말 같아서요. 선생님이 그럴 리가 있어요? 그때 저한테 했던 말도 다 기억나는데.

제가 뭐라고 했을까요. 전 잘 기억이 안 나는데. 저 사실 원석 님 잘 기억 안 나요. 잘 안 나는 게 아니고 제 기억에 없어요. 저 그때 얘기들 다 기억 안 나요. 지워졌어요.

나는 일부러 그렇게 말했다. 그러나 드문드문 아주 흐리게 나는 기억도 정말 기억이라고 할 수 있을까. 흔적만 간신히 남아 있는 그 기억을?

왜 지워졌어요?

네?

왜 지워졌어요, 선생님?

그냥 지워졌어요, 지우고 싶었나 보죠. 오래돼서.

나는 덧붙였다. 그가 잠시 나를 또 바라보았다. 아까 보았던, 무언가를 알고 있는 듯한 표정이었다.

왜요? 아니 근데 그보다 그러면 지워지나요?

전 그래요.

정말 그러세요?

네, 전 정말 그래요.

정말 진짜로 기억 안 나세요?

네, 안 나요. 지워졌고 지웠어요. 그런데 왜 자꾸 진짜냐고 물으세요?

별 뜻은 아니고 진짜 잊어버릴 수가 있나 해서요. 선생님이 저한테 했던 말 하나만 알려드릴까요? 열심히 좀 쓰라고. 열심히 좀 쓰라고 했어요. 하하하하. 그리고 계속 써야 한다는 말도 했어요.

그가 크게 웃어젖혔다. 그가 웃을 때마다 역겨
운 향신료 냄새가 묻어 나왔다. 웃음은 꽤나 오랫동안
지속되었다. 나는 그가 웃는 도중에 맥을 끊고 말했다.

제가 그런 웃긴 말을 했네요. 아무튼, 웃긴 말을
했네요. 근데 저 안 써요. 거짓말도 아니고요. 그때가 언
제였는데요?

정확히 칠 년 전이요.

그가 또박또박 말했고 나는 조금 당황했지만 곧
바로 말을 이었다.

아, 칠 년……, 그래요. 칠 년 전이면 너무 오래
된 얘기 아닌가요. 따지고 보면 더 됐을 수도 있을 것
같은데요, 저 회사 다녔어요. 근데 그게 중요한가요? 지
금? 저는 그냥…….

내가 말을 뱉자 그가 웃음을 뚝 끊었다.

아니요. 선생님은 계속하실걸요. 지금 잠깐 쉬
시는 것 같아요. 저는 알 수 있어요. 선생님은 그런 사람
이잖아요. 제가 알거든요, 그걸. 그래서 제가 선생님을
너무 좋아한 거예요.

테라스를 등지고 앉은 그의 뒤에서 바람이 불

자, 여러 번 빨아서 색이 바랜 하와이안셔츠가 펄럭거렸다.

저는 선생님이 어떤 사람인지 알아요. 선생님은…….

그가 중얼거리듯 다시 한번 말했다.

아니요. 저는 아니에요, 그런 사람이.

나는 힘주어 말했다. 그 말을 뱉자 얼굴이 열에 달아오르는 게 느껴졌다. 합석을 아무렇지 않게 받아준 것에 대한 후회가 밀려왔다. 속이 타는 것처럼 뜨겁고 손에서 땀이 묻어나왔다. 이 불쾌한 심장 소리. 그런 사람, 그런 사람이 뭔데. 나는 갑자기 극심한 피로감을 느꼈고, 잠시 멍해져 있었다.

그 표정……. 그 표정 오랜만에 본다.

그가 나를 보며 말을 던졌다.

뭘 아세요? 전 진짜 원석 씨 잘 기억도 안 나요. 그때 제가 무슨 개소리를 했는지 모르겠지만 그건 그때 개가 한 말이고 지금의 저는 아니라고요.

조금 취하셨네.

안 취했고요. 이만 가볼게요.

조금 열을 내는 내 태도에도 그는 어떤 반응도

없이 그저 자신은 여기 남아서 더 마시겠다고 했고 나
는 그러라는 말을 남긴 채 황급히 돌아섰다.

돌아오는 내내 속으로 욕을 뱉었다. 그러고는
숙소에서 술을 조금 더 마셨다. 마시기 싫었는데 마시
는 편을 택했다. 매번 빙빙 도는 선택들…… 위스키에
아무리 소다수와 얼음을 넣어도 미지근한 술 때문에 취
기가 더해졌다. 취한 채 무슨 말을 혼자 뱉은 것도 같았
고 그런 말을 뱉다가 어떤 기분이 들었고 한동안 멍하
게 어떤 생각을 떠올렸고 그 생각을 지우기 위해 한 잔
을 더 마셨다. 그리고 그가 말하던 잊고 있던 시절을 한
번 더 떠올렸다. 그는 나를 어디까지 기억하는가. 내가
기억하지 않고 싶어 하는 곳까지도 그가 기억하고 있을
까. 나는 다시금 그러한 생각을 반복하다가 무거운 몸
으로 매트리스 위로 간신히 올라가 쪼그려서 새우잠에
들었다.

그날 꿈에서 나는 작은 풀장에서 수영을 하고
있었다. 주변에는 아무도 없고, 늘 울어대던 새소리도
들리지 않으며 바닥을 기는 개미 한 마리 보이지 않았
다. 나는 맨발로 숙소에 들어가, 포장해두었던 소스가
뚝뚝 떨어지는 물러진 햄버거와 맥주를 꺼내서 마셨다.

뭉근하고 짭쪼름한 햄버거와 금방 미지근해진 맥주. 그
것들을 먹으며 물장구를 쳤다. 주변에는 아무도 없었
다. 그러다 한참 뒤에 멀리 린의 실루엣이 보였다. 작달
만하지만 따듯하고 선한 힘이 느껴지는……. 글쎄, 그
것 말고는 내 기억 속의 린을 어떻게 표현할 수 있을까.
나는 멀리서 린을 불렀지만 그는 돌아보지 않았다.

린, 어디 가?

린, 바빠?

린, 린.

나는 멀어지는 린의 뒷모습을 가만히 바라보았
다. 잠에서 깼을 때는 알 수 없이 울고 있었다. 하나도
슬프지 않은 꿈이었는데. 숨을 쉬자 갈비뼈 사이로 통
증이 느껴졌다. 나는 꿈에서처럼 밖을 내다보았다. 어딘
가 린이 보고 싶었지만 린을 부르지 않았다. 린은 청소
할 때만 호출할 것, 그 문장을 속으로 여러 번 읊조렸다.

그를 다시 만난 것은 이틀이 지난 아침이었다.
리조트 소속의 해변을 걷는 와중 커다란 28인치 캐리어
두 개를 든 그가 같은 리조트에, 그것도 나의 방과 그리
멀지 않은 곳에 짐을 옮기고 있는 모습이 보였다. 그는

여전히 물 빠진 낡은 하와이안셔츠를 입고 있었다. 그 속에는 품이 조금 작은 것처럼 보이는 I♥huahin이라는 글자가 쓰인 관광용 티셔츠가 보였다. 그는 담배 연기를 뿜으면서 실실 웃고 있었다. 그의 치아 사이로 담배 연기가 뿜어져 나왔다가 공기 중으로 흩어지기를 반복했다. 나는 당황스러웠지만 마치 그 풍경이 꿈인 것도 같아서 그 장면을 조금은 의심했다. 그러나 이내 선명한 풍경이 사라지지 않자 꿈이 아니라는 것을 알았다. 나는 그를 보고도 진짜일까? 진짜겠지, 그저 반복해서 생각했다.

그의 옆에는 린이 서 있었다. 작달만한 키에 어떤 선한 눈빛을 하고서 그의 뒤를 종종 따르고 있었다. 나는 꿈에서 그랬던 것처럼 멀리서 린의 이름을 불렀다.

린!

그러자 린이 나를 돌아보며 손짓했다.

린, 거기 가지 마. 린, 왜 거기 있는 거야? 린, 그 새끼한테서 떨어져.

나는 말하고 싶었지만 말하지 않았다. 내가 린을 부르자 그가 나를 돌아보며 웃었다. 나는 그저 흐리멍덩한 눈으로 그를 바라보았다. 아무리 보고 있어도 그의 얼굴은 어떤 기분만 느껴질 뿐, 인상이 뚜렷하게 기억에 남지 않았다. 어떤 기분만으로 기억되는 얼굴도 있는 것일까. 나는 그를 보다가 어쩌면 그뿐만 아니라 그 외에 나를 거쳐갔던 어떤 이들의 얼굴도 그렇게 변할지 모르겠다는 생각도 들었다. 많은 이들의 얼굴이 그러했으니까. 슬프고 비정하고 차가운, 기어코 내 생활에 서서히 침투하게 될 얼굴들…… 난 당신을 알아, 그러니까 피하지 마, 라고 말하는 얼굴들. 그러나……. 나는 그 얼굴들을 바라보기 위해 이곳에 온 것이니까.

　　나는 웃는 얼굴의 그와 린을 지나쳐 해변으로 갔다. 그러나 해변에는 오 분도 채 머물지 않았다. 다시 숙소로 들어가 베란다에 놓인 나무 의자에 앉았다. 나는 왜 이곳에 왔는지 다시금 생각하기 시작했다. 나는 왜 여기에 왔지. 언제부터 여기에 오려고 했었지. 언제까지 여기에……. 그리고 그 틈 사이에는 그가 끼어 있었다. 그는 왜 여기에 있나. 그는 나를 얼마나 기억하는가. 그는 누구인가. 그의 의지를 알 수는 없겠으나, 의지와는 별개로 나의 생활에 그라는 사람이 침투했다는 생각을 지울 수 없었다. 그에 대해 생각할수록 여전히 수염이 난 얼굴보다 펄럭거리는 물 빠진 하와이안셔츠가 자꾸만 기억 속에서 맴돌았다.

　　숙소를 옮긴 이후에도 그는 내가 가는 길목들을 한두 발 차이로 걸었다. 숙소에서 그리 멀지 않은 쌀국수집도, 커피집도, 발 마사지 가게도. 그가 나를 철저하게 따라붙는다는 기분이 들 때마다 나는 걸음을 더 빨리하고 동선을 바꿨다. 기분을 들키지 않으려고 일부러 얼굴을 구기지도 않았으며 어떤 표정을 짓지 않기 위해 골몰했다. 그가 입은 것과 비슷한 물 빠진 하와이안셔츠를 입은 이들이 길거리에 있으면 시간이 얼마나 걸리든 그 길을 돌아서 멀리 뱅 둘러 갔다. 그러나 그는 마치 나에게 계속 할 말이 있는 사람처럼 메시지를 보내왔다. 동선을 묻거나, 내 책 얘기를 계속하는 식이었다. 나는 답장하지 않았다. 그럴 때마다 그는 간간이 내 책을 그의 계정 피드에 올렸다. #선생님 #소설 #선생님소설 #첫수업 #첫소설수업 같은 해시태그를 가득 달고서. 그리고 하루에 두 번씩 린을 자신의 숙소로 불러 청소를 시켰다. 나는 린이 수건과 어메니티를 들고 그의 방으로 가는 것을 멀리서 지켜보았다.

　　린, 가지 마. 응?

나는 속으로 그 말을 삼켰다. 린의 작은 뒷모습이 천천히 멀어지는 것을 나는 지켜보았다. 린의 모습이 멀리서 사라졌다. 그 이후로도 린의 꿈을 자주 꿨다. 꿈의 내용은 조금씩 다르지만 같았다. 결국은 린은 나를 보지 않고, 나만 린을 부르다 깨는. 린은 전혀 모르겠지만 나는 린의 모습을 자주 지켜보았다. 린은 내 방 앞 수영장을 지날 때마다 자신의 얼굴을 물에 비춰보았다. 린에게도 저런 습관이 있었구나, 나는 그때 알았다. 린은 마치 처음 그러는 것처럼, 매번 물에 비친 자신의 얼굴을 요리조리 살폈다. 그러다가 마치 물속이 거울인 것처럼 머리를 손으로 매만지거나 쓸어올렸다. 정확한 이유는 알 수 없으나 자신을 살피는 린을 볼 때마다 나는 묘한 기분에 휩싸였다.

그는 시간이 지날수록 나를 더 바짝 따라붙는 것 같았다. 그리고 그 생각이 이곳에서의 일상을 무너트리고 있다는 생각이 들었다. 곧 숙소를 옮겨야 할 것 같다는 생각이 들었다. 그러나 무서웠다. 그가 무섭다기보다 여기까지 와서 다시 무언가를 피하는 기분이 든다는 것이 무서웠다. 내가 무엇을 위해 이곳에 온 것이

지, 하는 생각이 그라는 사람 때문에 점점 사라져가고
있다는 것이 슬펐다. 가벼워지고 싶었는데, 그것과는
전혀 거리가 먼 사람처럼. 가벼워지고 싶어 애썼지만,
너무 쉽게 그러지 못한 사람처럼.

그가 나타난 이후로 머릿속이 예전의 어떤 생각
들로 가득했다. 그때 무슨 일이 있었더라. 한때 익숙했
던 길거리, 익숙했던 술 냄새와 열기들. 그때 술에 취한
골목쯤에서 어떤 일이 있었지. 누군가 나를 내려다보고
있었고, 가을과 초겨울 사이였고, 차가운 손가락의 감
촉과 담배 냄새와 지저분한 냄새와 울렁거리는 속을 부
여잡고 했던 말들. 알 유 오케이? 노, 아임 낫.

그리고 아직도 기억에 선명한 표정. 골목에 혼자
남아 있을 때 나는 늘 그렇듯 어떤 표정을 짓고 있었다.
얼빠진, 바보 같은, 영혼이라도 나간, 알코올중독자의,
주정뱅이의, 나의 이후의 삶을 직감하기라도 한 그런.

무언가 어렴풋한 기억들이 서서히 선명해질 때
마다 다시 술을 마셨다. 하루 일과라고는 아침에 일어
나자마자 마트에 들러 위스키 여러 병을 사들고 숙소로
들어가는 게 전부였다. 그러곤 룸서비스를 시켜먹거나
밖에 나가 한두 끼 정도 때울 수 있는 것을 포장해 들어

와서는 밖으로 나가지 않았다. 그는 매번 풀장에서 고개를 내민 채, 리조트와 바깥을 오가며 술이 든 무거운 봉투를 양손에 가득 든 나를 바라보았다. 나는 일부러 그쪽을 보지 않았다. 그는 내가 지나갈 때마다 매번 선생님, 하고 기어가는 목소리로 말했다. 들릴 듯 말 듯한, 착각인 듯 아닌 듯한 목소리로. 그의 주변에는 항상 희뿌연 담배 연기가 떠다녔다.

나는 숙소에 들어가자마자 위스키를 마셨다. 그때마다 유정에게서 메시지가 와 있었다.

야, 나 죽는 꼴 보고 싶어?

죽는 꼴? 유정아, 죽는 꼴이 뭐야. 죽는 꼴이 뭐지? 죽어가는 꼴, 죽어가는 모양새, 얼빠지고, 멍한, 영혼이라도 나간 것 같은, 매번 이렇게 술만 처마시다가 뒈질 것 같은 꼴?

유정은 알 수 없이 울분에 찬, 그러나 끝까지 나에게 어떤 일이 일어난 것인지 알고 있다는 말투로 답장을 해왔다. 나도 제대로 기억하지 못하는 일들을 어떻게 너는 알고 있는 것인지. 나는 유정에게 묻고 싶었다.

나한테 도대체 무슨 일이 있었지? 그 옛날, 아니

면 그 이후에도 쭉 나에게는 무슨 일이 있었어? 말해줘,
제발 말해줘.

밖에서 노크 소리가 들렸다. 린이었다. 부르지
않았는데도 린이 나를 찾아왔다. 그러나 나는 어쩐지
꿈에서 나를 모른 체한 린이 미웠다. 린은 아무것도 모
른다는 표정으로 까맣고 선한 눈동자로 나를 바라보며
물었다.

알 유 오케이?

나는 아무 말도 하지 않고 그저 조금 웃어 보인
채로 문을 다시 닫았다. 그러면서도 문 밖에 서 있는 린
을 여전히 상상했다. 밖에서 린이 두어 번 더 노크를 하
고는 사라졌다. 핸드폰은 계속해서 울렸다. 나는 핸드
폰을 보지 않고 화장실로 들어가서 가장 뜨거운 물로
샤워를 했다. 뜨거운 물을 온몸에 쏟아 붓는데도 한기
가 몸을 감쌌다. 밖으로 나왔을 때는 이미 해가 떨어진
상태였다. 아침이라고 생각했던 시간이 아침이 아니라
는 것이 그다지 놀랍지 않았다. 해가 지는 모습이 눈부
셨다. 그렇게 눈부신 풍경을 볼 때마다 항상 나 혼자만
시간의 바깥에 덩그러니 내동댕이쳐진 느낌이 들었다.
나는 술병에 다시 손을 댔다. 그리고 한 손으로는 귀찮

을 정도로 울리는 핸드폰을 확인했다. 유정의 메시지 사이에 그의 메시지가 와 있었다.

선생님, 얘기 좀 할 수 있을까요?

나는 물이 뚝뚝 떨어지는 머리를 그대로 두고 술병째 술을 들이켰다. 목과 식도를 타고 뜨거운 술이 몸 안을 훑고 지나갔다. 나는 그에게 답장을 보냈다.

네.

손이 떨렸지만 일부러 떨지 않으려 힘을 주었다. 걸을 때마다 몸이 비틀거렸지만, 오히려 어딘가 자꾸만 가벼워지는 착각도 들었다. 그래서 그에게 다가가서 이 알 수 없는 가벼움으로, 으박이라도 지르고 싶었다. 그 닭살 돋는 선생이라는 이름 좀 집어치우라고.

그는 아무렇지 않게 펍에 앉아 있었다. 하와이 안셔츠가 아니라 멀끔한 네이비 피케 셔츠를 입은 채였다. 그는 늘 내가 앉는 8번 테이블에 자리를 차지해놓곤 페퍼로니피자와 맥주를 미리 시켜놓았다. 그리고 나는 일부러 어떤 표정을 짓기 시작했다. 정말로 그러기 위해 여기에 온 것처럼.

나는 자리에 앉자마자 맥주를 벌컥벌컥 들이켰

다. 입가로 맥주가 흘렀다.

여기 맥주 좋지요?

그가 아무 말도 하지 않았다. 눈앞이 잠깐 흐렸다가 제자리를 찾아 돌아왔다.

선생님, 왜 이렇게 술을 드세요.

술 마시러 온 거라서요. 왜요? 본인은 여기 왜 오셨어요? 소설 쓰러 오셨다면서요, 소설은 좀 쓰셨고?

선생님, 왜 이렇게…….

아, 원석 씨, 죄송한데. 선생님이라는 말 좀 안 하면 안 될까요? 제가 무슨 선생님이에요. 고작 해봐야 일 년도 안 되는 시간 동안.

나는 소리쳤다. 그는 나를 천천히 내려다보았다.

뭘 자꾸 보세요?

나는 말했다.

뭘 자꾸 보냐고요.

그러자 그가 어렵다는 듯한 표정으로 입을 뗐다.

선생님, 저는 선생님이 왜 그러시는지 알 것 같아요.

나는 그의 말에 미칠 것 같은 기분이 들었다.

도대체 저한테 왜 그러세요? 저한테 왜 그런 말

을 하세요? 저를 아세요? 갑자기 나타나서 왜, 도대체 뭘 아는데요?

그는 한참을 말하지 못했다. 그러다가 입을 다시며 말을 뱉었다.

저 그날……, 다 봤어요.

나는 그의 말에 멈춰 있었다. 보았다는 그의 말보다, 다 보았다는 그 말에 나는 멈춰 있었다. 다? 무엇을? 나는 알 수 없었다. 그는 무엇을, 어떤 것을 보았기에, 다 보았다고 말하는 걸까. 어떻게 볼 수 있었을까? 왜 내가 잊고 싶은 기억들은 나의 기억보다 누군가들의 기억 속에 선명한지, 나는 알 수 없었다. 골목에서 어떤 표정을 짓고 있었을 나를 몰래 훔쳐보았을 그를 상상하자 속이 뒤틀렸다.

무슨 날이요?

그러면서도 아닌 척 그에게 다시 되물었다.

그때요. 수업 마지막 날쯤. 전부 다 기분 좋아서 술 마시고 다들 취하고 그날이요. 자리 파하고, 몇 없을 때 밖에 나가서 담배 피다가……. 처음에는 선생님이 선배라고 부르는 그 사람이랑 사귀는 사이인 줄 알았거든요. 아이고, 내가 못 볼 걸 봤네, 하고 자리를 비키려고 하는데 분위기가 이상하더라고요. 그런데 저도 취했고, 긴가민가하고 아닌 것도 같고. 무엇보다 아무리 그래도 그 길목에서……, 아무튼 이상했어요……. 정말로. 선생님이 너무 딱딱하게 서 있었어요. 그게 좀…….

……그래서요?

걱정 많이 했어요.

걱정……이요?

네. 진짜로 걱정 많이 했어요. 자꾸 그때 괜찮냐고 물어봤어야 했나, 그런 생각이 발목도 잡고. 그 왜, 트라우마처럼 남을 수도 있잖아요. 그래서 혹시 지금 소설도 못 쓰고 그런 건 아닌가……, 하기도 하고.

……이 씨발.

네?

이 씨발놈아.

뭐라고 하셨어요? 지금?

이 씨발놈아……. 소설 같은 소리하지 마.

하, 선생님. 왜 그러세요, 진짜. 제가 도와드린다고요! 선생님. 저 진짜 선생님 좋아해서 도와드리고 싶은 것, 그 이유 하나예요.

나는 아무 말도 하지 않고 그를 노려보았다.

선생님, 왜 이렇게 변하셨어요?

변했다는 말이 이제껏 그와 나눈 말들 중에서 가장 평온하게 다가왔다.

지금 그때 선생님한테 그렇게 한 사람은 아직도 소설 쓰잖아요……. 왜 선생님이 피하세요.

저는 피한 적이 없어요. 저 그냥 여기 쉬러 왔다고요! 쓰기 싫어서 안 쓴 것뿐이고.

아니잖아요. 그 사람 때문이잖아요. 그때 이후로 이상하게 소설도 안 쓰시고 여기까지 와서 여전히 피해 있고, 술만 마시고 그런 거잖아요. 저는 알아요. 계속……, 아니 가끔 지켜봤어요. 그리고 안다고요. 원래 선생님은 안 그럴 사람이라는 거…….

……아니요. 저는 그냥 쉬고 싶었다고요…….

제가 도와드릴게요.

나는 그의 그 말을 끝으로 밖에 나왔다. 가슴이 불에 타는 것처럼 뜨겁고, 몸이 부들부들 떨렸다. 애초부터 그의 말에 시치미를 떼었으면 어땠을까. 그런 것쯤 별일 아니라고 말할 걸, 잘못 본 것이라고 말할 걸, 이라는 생각이 스쳤지만 나는 그러지 못했다. 나는 그러지 못한 사람이니까. 그의 말이 계속해서 귓가에 맴돌았다. 그의 말이 떠오를 때마다 그 시절 잊고 있었던 선배의 얼굴과 K의 얼굴이 겹쳐 보였다. 마치 그 둘이 같은 사람처럼 느껴졌다.

혹시 내가 너한테 잘못한 게 있다면 용서해줄 수 있겠니?

나는 알 수 없었다. 그저 피곤하고 슬프고, 배가 고팠다. 숙소로 향하는 길에 린을 보았지만 나는 린을 못 본 척했다. 린의 얼굴을 제대로 보지 못했지만, 그때 스쳐 지나가던 작달만하고 까맣고 선한 린의 우울한 표정을 생각하면 아직도 가슴이 아파왔다.

그다음 날, 그는 나에게 연락하지 않았다. 그러나 다른 이에게서 연락이 와 있었다. 그는 소설가 Q라고 자신을 소개했다. 그리고 자신을 활동가라고도 소개했다. Q의 계정에는 여러 가지 연대 사항들이 즐비했다. 그는 지금도 여전히 보이지 않는, 혹은 시치미를 떼는 무언가와 싸우고 있었고, 그의 글에는 힘이 뚝뚝 묻어났다. '나는 싸울 것이다'라는 문구가 그의 글 말미를 항상 장식하고 있었다. 나와 이야기를 나누어보고 싶다고 했다. 그는 내가 잊어버리고 있던 선배의 이름과 그날의 일들을 내가 기억하는 것보다 더 생생히 전달했다. 그들은 어떻게 나보다 더 그 일들을 잘 알고 있는 것인지. 그는 자신에게 연락처를 준 이에 대해, 그 사람이 나를 얼마나 극진히 걱정하고 있는지 말했다.

원석 님이 걱정 많이 하시더라고요. 근데 이제는 도울 수 있다고요.

나는 답장하지 않았다. 그는 메시지로 추행이니, 피해자니, 가해자니 하는 말들을 일목요연하게 적었다. 그리고 피하지 않으셔도 된다는 말도 마지막에 붙였다. 선배에 대한 말도 있었는데 Q는 그에 대한 몇 가지 사실들을 알고 있다고도 했다. 무언가 천천히 준비 중이라는 말도.

그는 여전히 술을 양손으로 들어 나르는 나를 풀장에서 구경했다. 그러고는 여전히 안타까운 듯한 표정으로 나를 바라보았다. 그는 그곳에서 잘 들리지 않는 목소리로 항상 알 수 없는 말들을 중얼거렸다. 늘 같은 곳에서 나를 바라보고 있는 그를 볼 때면, 그가 나에게 했던 피하지 말라는 말이 떠올랐다. 그러나 나는 그 순간을 잘 알 수 없었다. 그런 순간은 어떤 순간일까? 지금? 아니면 칠 년 전 그 어느 때? 아니면 앞으로 펼쳐

질 내가 알지 못하는 순간들. 모두?

   빈속에 위스키 세 병을 먹고 모두 토해냈다. 눈
앞이 빙글빙글 돌았다. 나는 그에게 문자를 보냈다.

   일부러 여기까지 온 이유가 뭔데요.

   그는 내 메시지에 곧바로 답장을 보내왔다.

   일부러 아니에요.

   그럼 뭔데요. 이게 다. 난 당신이 누군지도 모른
다고요.

   저는……, 저는 선생님을 알아요. 그런데 모든
건 우연이에요. 우연히 선생님을 보게 되었고, 마음속
에 남아 있는 짐이 생각났고, 그래서 도와드리고 싶은
생각이 들었고…….

   우연이요?

   네, 우연이요.

   나는 속에 있는 것을 전부 게워냈다. 그렇게 그
곳에서 사투 같은 일주일을 더 보냈다. 내가 알 수 없는
고통에 몸부림치고 있을 때, 그는 테라스에 앉아서 책
을 보거나 방문을 활짝 열어두고 노트북 앞에 앉아서
무언가 고뇌하는 표정을 지었다. 소설, 그러니까 그는
그 지긋지긋한 걸 쓰는구나, 라는 생각을 했다.

　　나는 간소한 짐만 챙긴 채, 락사수바를 떠났다. 근 세 달 반만에 그곳을 떠나는 차에 올랐을 때, 오히려 그곳을 벗어나고 있다는 이상한 생각이 들었다. 몸을 가누기 힘들 정도로 살이 빠져 있었다. 온몸에서 고약한 냄새가 나는 것도 같았다. 인천공항에 도착했을 때 유정은 여전한 단발머리를 찰랑이며 갈색 크로스 백을 멘 채 화를 내며 서 있었다.

　　유정의 말대로 나는 치료를 시작했다. 모든 게 술 때문에 예민해진 탓이라고 유정이 말했다.

　　그 사람이 누군지 모르겠지만, 다 잊어버려.

　　그러곤 멍한 내 표정을 보며 유정이 덧붙였다.

　　술 마시면 그렇잖아……, 네 기억이 진짜 온전한 건지 나도 잘 모르겠다…….

　　그래……?

　　응, 그래.

　　정말 그런 거지?

　　정말 그래.

　　그 말을 끝으로 유정의 말에 더 이상 어떤 말도 하지 않았다.

　　나는 술을 먹지 않기 위해 약을 먹고, 밥을 먹기

위해 약을 먹고, 잠을 자기 위해 약을 먹었다. 약 외에 치료에는 꽃병과 나비, 꽃다발을 색칠하는 것도 포함되어 있었다. 이런 것도 나를 고쳐줄 수가 있나. 어린아이가 된 것 같았지만 그 치료를 잘 따랐다. 색을 골라가며 색을 칠하고 멍하게 앉아 있었다. 가끔 잠을 자면 악몽처럼 잊고 있었던 차가운 손의 감촉이 온몸을 감쌌다. 잊고 있던 그 악몽이 되살아난 것은 후아힌에서 돌아온 직후였다. 그 악몽에는 항상 얼굴이 보이지 않는 누군가가 내 쪽을 바라보고 있는 장면이 포함되어 있었다. 주변에는 기분 나쁜 덜 익은 고기 냄새가 감돌았다. 그런 날에는 나를 찾는 이가 아무도 없는데도 모든 문을 다 잠그고 술을 마셨다.

활동가 Q는 메시지를 보내오다가 내가 답장을 하지 않자, 어느 순간부터 연락하지 않았다. 그는 다른 이들을 위해 열심히 활동하고 있었다. 그의 SNS 계정 피드에는 여전히 누군가의 피해 사실이 일목요연하게 정리되어 있었다. 사람들은 누군가의 피해 사실이 쓰인 글 밑에 더럽고 추잡하다는 식의 댓글을 달았다. 나는 그 문장을 읽을 때마다 가슴이 타들어가는 듯한 통증을 느꼈지만 그 누구도 그런 말에 대해서 어떤 말도 붙이지 않았다.

그는 내가 말없이 한국으로 돌아간 이후에도 이 러저러한 이야기를 주저리주저리 혼자 이어갔다. 어느 날은 나에 대해서 말하다가, 어느 날은 자신의 소설에 대해서 말했다. 그러다가 자신의 이름을 다르게 불러줄 수 없냐는 이야기도 했다.

저, 선생님 소설에 나오는 두치가 너무 좋거든 요. 혹시 저를 다음에 만나면 두치라고 불러주실 수 있 으실까요?

아무런 연락이 없자, 그는 나에게 화를 내기도 했다.

그렇게 피하기만 하니까, 선생님이 그런 사람이 되어 있는 거예요…….

점차 그도 곧 나에게서 연락을 거두었다. 시간 이 지나 그의 계정에 들어가 보았을 때, 내 책은 피드에 서 지워진 지 오래였다. 그는 다른 소설에 열광하며 다 른 이에게 꼬박꼬박 선생이라는 칭호를 붙였다.

#내선생님 #선생님 #소설선생님 #소설가 등등.

후아힌에서, 락사수바 리조트에서 돌아온 지는 8개월이 넘어가고 있었다. 나의 색칠 실력은 그만큼 늘었다. 유정의 말에 의하면 나는 아직 치료되지 않았지만 내가 무엇 때문에 그곳에 갔었는지는 이제 흐릿해졌다. 그렇다면, 이 정도면 나름대로 잘 치료되었다고 생각할 수도 있지 않을까? 유정의 말대로 나비와 꽃병을 색칠하는 것이 정말로 어느 정도 나를 고쳐주었나……. 그런 시시한 생각을 자주 했다. 아주 가볍게. 그러나 그때 이후, 왜 그곳에 갔었는지 잘 기억나지 않아도 왜 돌아왔는지에 대한 기억은 또렷하게 남아 있었다. 그리고 아주 가끔 그 기억 때문에 다시금 괴로워질 때면 그걸 지우기 위해서 술을 마셨다. 더 더 많은 양의 술을. 그러기 위해 돌아온 것이니까. 술을 마실 때면 기억이 온전히 흐려져서 좋았다. 나는 여전했다. 어느 날 내가 직감한 나처럼.

나는 결로가 생긴 맥주를 손으로 잡았다. 그러고는 입안 가득 들이부었다. 밖에서 소낙비가 쏟아지고 있었다. 주변에는 빈 병들이 빼곡했다. 눈앞에 선명한 풍경이 머릿속에 들어와 새겨지는 듯했다. 오늘처럼 아무리 술을 마셔도 아무것도 잊히지 않는 날도 때때로 있었다. 그런 때에는 아무리 술을 들이부어도 좀체 취하지 못했다. 작달만한 몸에 까맣고 선한 눈동자……. 그런 날에는 항상 린의 얼굴을 떠올렸다.

린, 어디 가?

나는 머릿속으로 그려지는 린을 향해 종종 물었다. 그러나 린에게 그렇게 물으면 린은 야속하게도 내 기억 속에 남아 있는 가장 슬픈 표정을 보여준다.

보통의 경우

누군가는 말했다. 삼십대 남자에게 대머리는 더 이상 개그의 소재가 되지 않는다고. 그러나 그 말의 반은 맞고 반은 틀렸다. 어떤 사람에게는 더 이상 대머리가 개그의 소재가 되지 않는다. 가렵다는 것은, 머리에 붉은 원들이 자리 잡는다는 것은, 검은 머리칼이 숭덩숭덩 빠진다는 것은 그리 웃긴 일은 아니다. 물론 딱한 일도 아니다. 희수 언니의 말을 빌리자면, 버티는 일에 더 가까울지도 모른다. 나는 희수 언니가 가발이 딸린 초록색 야구 모자를 벗었을 때를 아직도 기억하고 있다. 그때도 지금처럼 겨울이었고, 눈이 지저분하게 녹아 걸을 때마다 질벅질벅 소리가 나는 밤이었다. 언니의 '한번 볼래?'라는 말에 내가 기어코 고개를 끄덕였던 밤이었다.

사무실 밑 전등이 나간 주차장 일층, 찬 기운에 패딩 속으로 목을 움츠리고 있을 때 희수 언니는 모자와 가발을 한꺼번에 벗었다. 한꺼번에 벗었다기보다 같이 딸려 나왔다고 해야 하나. 어둠 속에서 작은 빛을 받자 가발이라는 것을 일부러 티라도 내는 듯, 긴 생머리 가발에서 윤이 났다. 그때 가만히 서 있는 언니의 머리가 어둠 속에서 서서히 드러났다.

언니의 머리는 정수리 왼쪽의 한 줌 정도 남은 머리카락을 제외하고는 솜털도 없이 민둥했다. 두피가 전체적으로 붉었으며 울퉁불퉁했다. 놀라지 않은 것은 아니었다. 근 이 년을 넘게 작은 사무실에서 일하면서 언니의 상태를 눈치채지 못한 것 또한 놀란 이유 중 하나에 속했다. 매번 모자를 쓰는 이유가 그런 이유였다는 것도. (하기야 밤샘 촬영에, 구성안 작성에, 기름진 머리를 숨기려고 모자를 쓰지 않은 사람이 거의 없을 정도였으니까.)

놀랐어? 뭐 그렇게 놀랄 것까지야. 그냥 다 그런 거지.

언니는 말했다. 표정이 누구보다 담담했다. 마치 나의 반응을 어느 정도 여러 번 예상한 사람 같았다 언니의 말들 속에는 머리가 왜 민둥산이 되었는지, 그리고 그걸 막기 위해 어떤 마음과 노력들이 오갔는지가 들어 있었다.

일 시작하면서 빠지기 시작한 것 같아. 이 업계에서 탈모가 대수는 아니잖아. 근데 내 케이스는 좀 다르지. 이제 탈모가 거의 끝났다고 해야 하나. 이쪽 한 줌을 빼고는 더 이상 빠질 머리카락이 없다는 거야, 이제는.

언니는 그런 말을 하면서도 간간이 피식피식 소리를 내며 희미하게 웃었다. 그건 슬픈 말이든 기쁜 말이든 말끝에 옅은 웃음을 섞는 언니의 습관이었다. 나는 갑자기 바보 같은 말을 꺼냈다.

아무한테도 말 안 할게요.

그러자 희수 언니가 다시금 피식하고 웃어 보였다. 가발을 벗은 언니가 조금은 추워 보였다. 그러다 언니는 갑자기 자신의 비밀에 대해 털어놓은 이유를 간단히 설명했다. 언니는 비밀이라는 건 비슷한 애들끼리 맺을 수 있는 일이라고 했다. 그래서 우리에게는 비밀이 가능하다고 믿는다고.

말하자면, 비슷한 애들끼리의 결속 같은 거야.

나는 그 말을 그때 처음 들었다. 비슷한 애들끼리의 결속. 비슷한 애들끼리……. 그런 애들끼리만 비밀이 가능하구나. 그리고 그동안 내 수많은 비밀들이 왜 지켜지지 않았는지에 대해서 얼핏 알 것도 같았다.

언니는 연신 담배를 피워 올리며 덧붙였다. 나는 빨개진 손끝을 주머니에 넣고 희수·언니를 가만히 바라보았다. 희수 언니는 손에 들린 에서 체인지 1밀리의 얇은 비닐이 빛을 받아 반짝였다. 언니의 말에 의하면, 소싯적 희수 언니네 어머님이 피웠던 담배를 이제는 희수 언니가 피우고 있었다. 언제는 담배가 질색이라고 하더니.

어두운 주차장 일층에 언니가 뿜는 담배 연기가 겨울철 입김처럼 가득 찼다. 언니는 담배를 피우면서 돌연 일을 그만두겠다고 했다. 그러고는 뜬금없는 곳으로 간다고도 말했다. 토레스 델 파이네. 나는 그 이름을 처음 들어보았다. 언니는 어떤 설명도 붙이지 않고 나에게 언젠가 나도 그곳으로 오라고 말했다.

환해서 눈이 멀 것 같은 곳이라더라. 너도 언젠가 꼭 와. 나 보러.

희수 언니의 설명은 이것이 전부였다. 더도 말고 덜도 말고 딱 그 정도.

지수야, 다음에 꼭 와. 너는 꼭 와야지.

나중에 찾아보았을 때, 토레스 델 파이네는 서울시 마포구에 위치한 방송사 외주 사무실로부터 수천 킬로미터 떨어진, 마지막 희망이라고 불리는 곳이었다. 인류가 개발의 이름으로 망가뜨리지 못한 자연이 마지막 희망처럼 남아 있는 곳. 하루에 사계절을 다 겪게 되는 곳. 그래서 희수 언니가 버텨왔던 모든 걸 버리고 단번에 떠나고 싶었던 곳.

지수야, 다음에 꼭 와. 너는 꼭 와야지.

나는 언니가 언젠가 했던 그 말이 떠오를 때마다 비슷한 애들끼리의 결속, 비슷한 애들끼리의⋯⋯, 그 알 수 없는 말을 습관처럼 되뇌었다.

*

조악한 파티션으로 나누어놓은, 잘 쪼개진 8인분의 자리가 눈에 들어왔다. 사무실 창문 옆 구석에는 미관용으로 가져다놓은 관엽식물의 잎이 누렇게 떠 있었다. 건조하다 못해 버석한 공기가 콧속을 파고들었다. 작은 사무실에는 히터와 가스난로가 동시에 가동되고 있었다. 오래된 가스난로에서 자꾸만 파박거리는 소리가 났다. 책상에 놓인 노트북에는 아직 채워야 하는 다음 주 방송 구성안의 화면이 띄워져 있었다. 동두천 고인돌 얼음 축제, 라는 제목의 큰 글씨가 눈에 들어왔다. 작은 협찬 코너의 원고와 잡일이 이곳에서의 내 일이었다. 말하자면 원고를 쓰는 날들은 적었고 잡일 처리가 8할 이상을 차지했다. 누군가들은 내 일에 대해 더 큰 일을 하기 위해서 언젠가 거쳐가야 하는 일이라고 말했다. 잡일 머리가 좋아야 다른 것도 잘하는 법이라고. 그것부터 배워야 한다고. 나는 그 말에 어쩔 수 없이 반반의 동의를 표했다.

사무실에는 나밖에 없었다. 나는 시계를 바라보았다. 시계는 벌써 밤 11시를 넘어가고 있었다. 원래라면 지방에서 촬영한 팀이 올라오고도 남을 시간이었지만, 문제는 눈이었다. 눈길에 당할 방법이 없다는 것이었다. 사무실 작은 창으로는 천천히 사선을 그으며 떨어지는 눈발 외에는 아무것도 보이지 않았다. 사무실은 쥐죽은 듯 조용했다. 나는 주위를 둘러보다 천천히 머리를 긁기 시작했다. 정수리부터 옆통수까지 살뜰히. 이제는 그게 자연스러운 일이 되었다. 머리는 긁으면 긁을수록 마치 그 안에 작은 벌레가 기어가는 것처럼 점점 더 가려워졌다. 그러면 손끝을 세워 두피에 최대한 상처가 나지 않게끔 살살 긁었다. 하지만 두피를 쓸어보면 이미 상처의 틈이 벌어지며 나온 진물들이 손끝에 만져졌다. 나는 머리를 긁다가 언젠가 희수 언니가 앉았던 자리를 바라보았다. 희수 언니가 있던 자리는 다른 팀들의 자리로 넘어간 지 오래였다. 예전에 희수 언니가 앉았던 자리에는 사용하다 만 이면지들만이 가득했다. 비슷한 애들끼리의 결속, 비슷한 애들끼리의⋯⋯. 나는 괜히 그 말을 떠올렸다. 어쩌면 이 가려움의 원인이 언니가 말한 결속에 속하는 것은 아닐까 생각하면서. 나는 아무것도 웃기지 않았지만 그런 생각을 하며 희수 언니처럼 피식 웃었다.

단기적으로 발생하고 금방 끝날 것 같던 이 증상은 초반에는 아주 사소한 가려움으로 시작했다. 그러나 그 기간이 점점 장기화되면서 증상은 달라졌다. 단순 가려움으로 시작되고 끝났던 것이 이제는 후끈하게

온몸에 열이 오르면서 정수리와 두피 부근이 미치도록
가려워졌다. 가려움은 한번 시작하면 멈추지 않았다.
그렇게 한참을 긁고 나면 손톱 밑에는 진물과 각질과
머리카락이 한데 뭉쳐 있었다. 시간이 지날수록 이 증
상은 사투와 비슷해졌다. 데일리 프로그램 특성상 사무
실에서 밤샘 업무를 피하기는 어려웠다. 그렇기에 긁어
내지 않으면 죽을 것 같은 순간들이 이 작은 사무실 안
에서 매 순간 나를 기다리고 있었다. 눈이 펑펑 오는 영
하의 날씨에도 얼음물에 당장 머리를 처박아야 살 것
같은 순간이 있었고, 건조한 히터 바람이 나오는 사무
실 중앙에서 두피가 까져 피가 범벅이 될 때까지 긁고
싶은 마음을 참아야 하는 순간들도 있었다. 나는 그 순
간들을 딱 절반 정도만 참아냈다. 도저히 참기 힘들어
화장실에 가서 미지근한 물로 머리를 감거나 사무실 문
밖 계단에 쪼그려 앉아 손바닥으로 정수리가 뜨거울 때
까지 한참을 비비적거린 적도 있었다. 그러곤 아무렇지
않은 척 자리에 돌아와 앉았다. 그러나 언제나 정수리
에서 미지근한 물을 뚝뚝 흘리고 있거나 따갑고 붉어진
정수리를 모자 속에 숨긴 채였다. 그때마다 나는 어설
프게 웃었다. 큰일을 해내기 위해서는 잡일부터 하라는

누군가들의 말이 꼭 내 처지처럼 느껴지기도 했다. 큰 일을 하기 위해서 남들에게는 잘 벌어지지 않고 생각하지도 못하는 그 잡다한 모든 것을 버텨야 하는 처지.

　　나는 원인을 파악할 수 없었다. 그때마다 괜시리 희수 언니의 카카오톡 프로필사진을 눌러보았다. 카카오톡 프로필사진 속에서 희수 언니는 커다란 계곡에서 털모자에 질 좋은 방수 잠바를 입은 채 환하게 미소를 짓고 있었다. 한 손에 캠핑용 머그 컵을 든 채였다. 프로필사진 위에는 D+242이라는 숫자가 떠 있었다. 사진 속 언니는 마치 다른 존재 같았다. 그렇기에 나는 언니에게 어떤 것이든 물으려다가 그만두었다. 그저 가끔 바뀌는 언니의 프로필사진을 보고 있으면 춥고 덥고 따듯하고 서늘한 기운이 몸에 느껴졌다. 토레스 델 파이네, 하루에도 사계절을 다 느낄 수 있는 곳. 그렇기에 그 사진을 볼 때면 매번 알 수 없이 묘했고 온몸이 텅 빈 것처럼 공허해졌다. 시간이 지날수록 주차장에서 가발을 벗던 희수 언니의 모습이 점점 머릿속에서 희미해지는 듯했다. 이제 다른 사람이구나, 언니는. 나는 완전히 다른 사람이 된 것 같은 희수 언니의 사진을 보면서, 한편으로 지독했던 희수 언니의 그 자리를 대신 물려받았다는 생각이 들기도 했다.

어느 병원에서나 의사들은 탈모의 원인을 스트레스와 수면 부족, 인스턴트 음식 섭취로 축약했다. 그러나 내가 느끼는 나의 증상은 그렇게 단순한 것에 머무르지 않았다. 꼬박 열 번째 바꾼 병원에서는 그런대로 납득할 만한 이유를 대주었다. 의사는 정확한 원인은 열 때문이라고 말했다. 그러니까 두피 건조증이나 지루성 두피염이라는 병명을 대기는 했지만, 원인은 열 때문이었다. 머리로 화르륵 오르는 체열. 체열이 오르기 시작하면 호르몬 분비가 활성화되고 호르몬 분비가 활성화되면 피지 분비가 심해져서 두피가 바싹 마를 정도로 건조해지거나 물러져서 가렵고, 가려워서 긁기 시작하면 무른 복숭아를 손톱으로 누르는 것처럼 두피의 껍질이 점점 까지기 시작한다고 했다.

우리가 쉽게 생각하는 살비듬이나 피부 각질이라고 생각할 수 있는데, 두피예요. 너무 세게 긁으시면 두피가 얇아지면서 머리카락이 더 빠질 수가 있어요.

각질인 줄 알았던 것들이 내 두피라는 것을 알

앉을 때 나는 당황했다. 나는 의사에게 무엇이라도 질문하고 싶었지만 매번 자리를 피하고 싶어 하는 사람처럼 일단 얼른 고개를 끄덕였다. 나를 계속해서 비추는 투명한 유리 거울, 백열전구 밑에서 나의 형체를 낱낱이 들여다볼 수 있는 거울이 언제나 너무 싫었다.

진료가 끝나자 의사는 간호사에게 나를 데려가라고 말했다. 친절하지도 불친절하지도 않은 간호사가 두피에 전체적으로 진정 작용을 하는 약을 도포해주면, 나는 밖으로 나왔다. 내 머리통을 만지는 간호사의 표정을 보지 못했지만, 손끝에서 그녀의 표정을 알 수 있었다. 그녀는 절대 알 수 없고 알려고 하지 않은 슬픔과 수치를 나는 한 번 더 느꼈다. 가끔씩 피식피식 새어나오는 여자의 웃음소리가 귓가를 울렸다.

나는 손으로 정수리를 매만졌다. 정수리에는 붉은 두피를 진정시키기 위한 연고가 진득하게 발려 있다. 노트북 화면이 꺼지자 까만 화면에 내가 비쳤다. 정수리의 두피가 훤히 보이는 휑한 모습의 나. 벌써 밋밋해진 두피가 손끝에 느껴졌다. 빈틈을 보이지 않기 위해 가르마를 요리조리 바꾸었지만 큰 소용은 없었다.

균일하게 빠지는 머리칼에 눈속임이 통할 리가 없었다. 특히나 최근에는 그 속도를 더하는 것만 같았다.

나도 노력 엄청 했지. 그런데 막을 수가 있어야지. 그래서 지금은 뭐…….

나는 언젠가 희수 언니가 나에게 했던 말을 떠올렸다. 거의 체념에 가까워진 말. 그래서 지금은 뭐…….
지금은 뭐……. 나는 뒷말을 잇고 싶지 않았다.

나는 습관처럼 책상 위에 놓아둔 스테로이드 연고를 다시금 집어 들었다. 연고는 너무 독했고, 알 수 없이 잠이 쏟아졌고, 종국에는 별로 남아 있지 않은 내 머리까지 민둥산으로 만들 수 있는 주범이었다. 그럼에도 나는 연고를 손에서 놓을 수 없었다. 당장의 가려움을 진정시켜주는 것은 스테로이드뿐이었다.

겨울이다, 겨울. 나는 그 말을 혼자 중얼거렸다. 나의 목소리가 작은 사무실을 잔잔히 울렸다. 지방 촬영을 마친 팀원들은 아직도 눈길에서 헤매는 중이었다.

눈이 와서 좀 막히네. 그니까 염병할 무슨 사이도 안 좋은 할아버지 할머니들 백년해로를 찍겠다고 남해까지 가냐. 25년에 재혼했더만. 그림 때문에 가는 거지, 그럼. 하여간 사람들 꽃 참 좋아해. 한겨울에 꽃피는 거 좋아하고, 한여름에 눈 오는 거 좋아하고. 언제쯤 곧 이곧대로 볼는지……. 눈이 이렇게 처 내리는데, 쌍. 유채꽃 좋아하네.

다큐 팀의 노 피디는 눈 때문에 막히는 도로 위에서 나에게 전화를 걸어 이런저런 푸념을 해댔다. 전화기를 통해 노 피디가 뻑뻑 피워대는 담배 연기가 들이오는 것만 같았다. 노 피디는 통화 내내 큼큼하며 코를 먹으며 말했고 나는 그저 그의 말에 네, 하고 대답했다.

아무튼 금방 가니까, 기다리라고. 영수증 처리할 것도 있고, 촬영본 옮겨놓으려면 필요하니까.

나는 알겠다고 대답했다. 오늘따라 노 피디는 나의 똑같은 대답이 마음이 안 든다는 식으로 투덜거렸다.

그런데 네, 밖에 할 줄 모르나. 작가님은.

네?

또 네, 라고 하네. 참…… 답답하기는.

노 피디는 한 번 더 코를 큼큼하며 먹고는 전화를 끊었다.

노 피디는 수상한 가족이라는 데일리 프로그램의 코너 중 하나인 다큐 팀의 최고참 피디였다. 최고참

답게 나이가 많았는데, 데일리 프로그램에서만 최장
수한 피디였고, 다른 프로그램에서는 그를 잘 써주지
않았다. 그에는 여러 이유가 있었는데 여러 코너가 겹
친 이곳에서만 최장수였지, 코너가 없는 다른 긴 하나
의 프로를 다루기엔 나이가 많고 실력이 없다는 이유였
다. 노 피디도 그것을 알고 있었다. 그렇기에 이곳에서
그는 꾸준히 애매하게 군림하고 있었다. 나는 노 피디
를 떠올렸다. 그러면 노 피디의 큼큼하며 코 먹는 소리
가 뒤따라 들리는 듯했다. 노 피디는 가는 머리카락을
파마로 부풀려놓은 상태였다. 그러나 바람이 불 때마다
탄로 나는 속내를 숨길 수는 없었다. 나는 노 피디도 어
쩌면 남몰래 가려움을 참고 있는 것은 아닌가 생각하기
도 했다. 언젠가 노인처럼 편집실에 앉아 있는 노 피디
를 볼 때면 혹시 가려우세요? 한 번쯤 묻고 싶었지만 묻
지 않았다.

혹시 가려우세요? 가려워서 죽을 것만 같으세
요? 노 피디님도 괴로우세요?

노 피디와 전화를 끊고 나는 머리를 긁적이며
동두천 고인돌 얼음 축제에 대한 내용들을 다시금 빼곡

히 적어내리기 시작했다. 차라리 이렇게 아무렇게나 머리를 긁적거릴 수 있는 혼자가 오히려 편하기도 했다. 동두천 고인돌 얼음 축제. 나는 한 손으로는 마우스를 클릭해서 화면에 가득 차도록 동두천 고인돌 얼음 축제 지도를 켰다. 놀이동산 지도라도 되는 듯 아기자기한 그림체로 그려진 지도가 한눈에 들어왔다.

동두천 고인돌 얼음 축제는 가족을 위한 축제였다. 어린 영유아들부터 초등학생, 중학교 저학년까지. 엉성한 얼음 기둥과 얼음 조각들 아래 가족사진을 위한 포토 존이 마련되어 있었다. 탈것으로 빠른 스노보트와 눈썰매가 있었고 먹을 것으로 선사시대 체험이라는 이름을 내건 커다란 꼬치 바비큐와 직접 잡아 튀겨 먹는 방어 튀김이 있었으며, 어울리지 않는 옛 놀이 체험이라는 이름의 활쏘기와 제기차기 같은 소놀이들이 있었다. 이번 축제에 대한 홍보는 협찬 차원의 짧은 오 분짜리 코너였다. 타깃은 연인보다는 가족이었고, 스노보트와 커다란 바비큐가 주요 눈요깃거리였다. 간단하게는 이 정도의 갈래가 전부인 작은 지역 축제였지만 나는 살을 붙여 촬영 구성안을 작성했다. 여러 갈래로 뻗은 꽉 찬 구성안이 눈에 들어왔다. 괜시리 빼곡한 그것들

을 보니 마음이 뿌듯했다. 별것 아닌 것처럼 보이는 이
일이 나는 아직 좋았다. 무언가를 쓴다는 것. 그 안에 무
언가 담겨 있다는 것. 협찬 코너 속 허용된 말 속에 내
가 진짜 하고 싶은 말을 숨겨놓을 때면 작은 희열을 느
꼈다. 누군가 그 말을 보고 듣고 있다고 생각하면 서럽
다가도 조금 힘이 났다. 나는 동두천 고인돌 얼음 축제
에 써놓은 나만 아는 문구를 다시금 보았다.

'올 겨울은 동두천 고인돌 얼음 축제에서 가족들
과 함께 먹고 즐기고, 행복한 주말 보내시는 건 어떨까
요? 아이들과 어디로 갈지 고민 중이라면 집에서 버티지
말고 추위 떨쳐버리자고요. 산이든 들이든 어디든 나가
보세요.'

올 겨울은 어떨까요? 버티지 말고 나가보세요.

나는 그 문구를 여러 번 소리 내어 읽었다. 올
겨울은 어떨까요? 버티지 말고 나가보세요. 버티지 말
고…….

무언가 걸린 것처럼 속에서 트림이 올라왔다.
속에서 오늘 점심에 욱여넣었던, 굵은 후추가 잔뜩 박
힌, 달걀샌드위치 냄새가 났다. 나는 주먹으로 가슴을

여러 번 쏟아내렸다. 그때마다 목 안에 어떤 말들이 콱 고이는 것 같았다. 일을 시작하고 나서 살이 많이 쪘지만 막상 먹은 것들은 별로 되지 않았다. 하루에 한 끼의 반 정도 되는 양을 간신히 때운 정도였다. 그러나 살은 그것과는 반비례로 가속도가 붙어 불어나기 시작했다. 엄청나게 불어난 살의 주된 원인은 밤샘 업무의 연속과 스트레스였다. 일을 시작하고부터 벌써 고도비만과 초고도비만 사이를 오가고 있었다. 나는 계속해서 뚱뚱해졌다. 고무줄 바지허리 옆으로 튀어나온 살집이 만져졌다. 허기가 느껴졌지만 입에 무언가를 가져다대지 않았다. 대신 동두천 고인돌 얼음 축제의 지도와 구성안을 닫고, 방송사의 페이지에 접속해 지난 회차 분을 클릭했다. 지난 회차 분 코너에는 갱년기 어떻게 극복할 것인가? 하는 제목의 여성 갱년기 영양제 광고 코너와 전통시장에서 오란다로 연 매출 2억 원을 달성하고 있는 〈대박 청춘〉 코너의 오란다 청년, 〈수상한 가족 코너〉에는 고로쇠물을 채집하는 아내 없이 못 사는 육십대 바보 남편, 그리고 〈국수의 신〉 코너에 따듯한 닭국수가 올라와 있었다. 나는 지난 회차 방송의 〈국수의 신〉 코너를 틀었다. 나는 내가 속한 프로그램의 코너 중 그걸 가장 좋아했다. 우리가 맡은 저녁 데일리 프로그램의 코너 중에서도 그 코너가 단연 일등이었다. 이유는 간단했다. 화면 속의 국수는 늘 따뜻했고, 맛있어 보였고, 금방이라도 먹고 싶어졌다. 나는 따뜻한 국수를 화면에 담아내고 있는 그를 떠올렸다.

그는 올해 초, 설날이 지나고 사무실에 처음 들어온 피디였다. 그전에는 무엇을 했는지 정확히 알 수 없지만 똑같은 데일리 프로그램에, 연예 뉴스 쪽을 맡았다고 했다. 그는 국수를 어떻게 만들고, 육수를 어떻게 우리며, 그게 육수인지 채수인지 정확히 가려내고, 어떤 고명이 올라가고, 그렇게 완성된 국수는 어떤 맛인지, 그 외에 국수를 빨아들이는 후루룩 소리를 어떻게 더 실감나게 담아낼지 고민했다. 그는 코너가 매주 반복되는데도 매번 진심이었다. 하루에도 몇 번씩 바뀌는 아이템 전쟁에서 그는 늘 한결 같았다. 마치 처음 이곳을 찾았을 때와 마찬가지였다. 그는 엄청나게 지쳐 보이지도 그렇다고 슬퍼 보이지도 않았다.

그는 이 사무실 사람들과는 달랐다. 그는 편집실에 앉아서 신경질적으로 마우스와 키보드를 눌러대는 다른 피디들과는 다른 인간이었다. 나는 편집실 남자들 사이에서 그를 쉽게 골라낼 수 있었다. 매일 같은 옷을 입고 키가 작은 사람. 그는 늘 거기에 있었다. 외떨어진 것처럼 굴었지만 외떨어지지 않은 사람. 그는 나에게 특별했다. 그는 말하자면 동조하지 않는 사람이었다. 나의 보복에 유일하게 동참하지 않는 사람이었다.

보복. 나는 그 말을 들었던 몇 해 진을 띠올렸다. 군대에서 휴가 나온 친구가 하는 이야기에서였다. 요즘 군대에는 감시하는 눈이 많아서 함부로 손을 댈 수 없다고 했다. 그렇기에 때릴 수는 없으니, 대신 음식을 산처럼 쌓아놓고 다 먹을 때까지 붙잡아둔다고 했다. 그가 말해준 건 정확히 음식 고문이었다. 하지만 그는 보복이라는 단어를 썼다.

밉보였으니까, 보복당하는 거지. 견뎌야 돼, 꼰질러도 어차피 소용없다더라. 견디는 게 나아, 견디다 보면 재미없어서 그만두니까.

그가 말했다. 보복은 가볍게는 햄버거 다섯 개, 과자 열 봉지로 시작한다고 했다.

그게 무슨 보복이냐, 좋네. 먹을 것도 주고.

나는 말했었다. 그때까지만 해도 나는 그런 행

위들이 딱히 보복이나 고문으로 느껴지지 않았다. 그해 자주 등장했던 군대 내 식고문이라는 제목의 기사를 봤을 때도 아무런 느낌이 없었다. 하지만 나는 그게 얼마나 나를 괴롭게 할 것인지, 시간이 지나고 난 다음 알게 되었다. 내 처지도 그때의 누군가와 다를 바 없다는 것을 알게 되었다.

보복의 시작은 분식이었다. 떡볶이 삼인분과 김밥 다섯 줄. 메인 작가와 연차가 쌓인 여러 작가들은 매일 체내 지방과 싸웠다. 그리고 이제 그 싸움은 나의 싸움이 되었다. 손가락을 넣고 억지로 구토를 하면 그전에 삼켰던 음식들과 칼로리 커팅제의 알약이 녹지 않은 채 딸려 나왔다. 계속 떨어지는 시청률과 재미없는 코너 아이템들, 경쟁사 외주와의 엎치락뒤치락하는 순위 쟁탈전, 이 모든 상황에 대한 스트레스를 한 번에 풀 수 있는 열쇠는 없었다. 이 작은 사무실 안에서 작지만 확실하게 스트레스를 풀 수 있으며 동시에 대리만족할 수 있는 것이 필요했다. 그곳에서 나는 장난감 같은 존재였다. 먹으라고 한다면 나는 먹어야 했다. 메인 작가가 일부러 시킨 그 많은 음식을 처음부터 먹지 않았다면 어떻게 되었을까, 생각하기도 한다. 하지만 결국엔 이렇게 되어버린 일이었다. 처음에는 내 몫이 아닐 것이라고 생각했지만 결국엔 내 몫이 되어버린 일들. 견뎌야 돼, 견디는 게 나아. 나는 그럴 때마다 매번 다음을 생각했다. 내가 남은 김밥들의 은박지 포장을 까기 시작했을 때, 메인 작가는 머리를 넘기며 웃었다. 회사 단톡방에 김밥을 먹기 시작하는 내 사진이 커다랗게 올라왔다.

대박. 우리 마내, 알고 보니 대식가.

나는 그때도 많은 양의 음식 앞에서 어설프게 웃고 있는 얼굴보다 휑한 정수리가 더 눈에 들어왔다. 모두들 나의 사진에 한마디씩 웃음을 붙였다. 그러나 그만은 그러지 않았다. 그는 아무 말도 하지 않았다. 그러곤 나중에 나에게 물었다. 모두가 돌아가고 난 뒤, 사무실에 그와 내가 밤샘 업무를 자처한 때였다.

그는 편집실 구석에서 나를 바라보고 있었다. 그러곤 천천히 말을 걸었다.

얘기 들었어요. 이번에 새로 조그만 코너 맡게 되었다던데. 정식 코너는 아니어도 협찬이라던데, 그래도 잘된 거죠?

그의 빨간 눈이 나의 머리와 몸통 전체를 훑었다. 그가 말할 때마다 입에서 포슬포슬하고 슴슴한 밀

가루 냄새가 났다.

아, 네. 협찬 코너 조금씩 맡다 보면 그래도……, 다음에 코너 하나쯤 맡을 수 있지 않을까 해서요.

나는 뒷말을 얼버무리듯 말했다.

여기 계속 있을 거죠?

네?

여기 얼마나 있을 거예요? 좀 더 ……, 할 생각 이겠죠?

그가 말했다. 나는 그의 말에 담긴 의미를 잘 알 수 없었다. 몇 초간 정적이 흘렀다. 정적 속에서도 화면 속 국수가 소리 없이 보글보글 잘 끓었다.

다른 사무실들도 많아요. 지금처럼 본사가 아니 어도. 다른 곳에도.

그가 입을 뗐다.

아…… 네.

나는 짧게 말했다. 순식간에 머리로 체열이 오 르는 것이 느껴졌다. 이번에는 그가 하고 싶은 말이 어 떤 것인지 알 수 있었다. 나는 아무 말도 나오지 않는 입을 오물거렸다. 그가 내가 이곳에 있는 이유를, 나의 다음을 위한 사정을 묻지 않아도 알았으면 했다.

여기 더 있을 건가 봐요.

그가 말하며 나를 바라보고 있었다. 그가 나를 바라볼 때마다 머릿속에서 여러 가지 생각들이 엉켰다. 아주 옛날 일부터 최근의 사소한 일들까지. 희수 언니와 스테로이드 그리고 버텨왔던 것들이 모두 내 잘못처럼 느껴졌다. 나는 창피하다는 기분이 어떤 것인지 처음 알기라도 한 사람처럼 얼굴이 붉어졌다. 그의 말에 이제까지의 일들을 한꺼번에 바보처럼 생각하는 내가 웃겼다.

그가 나의 다음을 궁금해할까. 아니, 누군가는 나를 조금은 궁금해할까. 나는 생각했다. 내 다음에 대해서, 내 이유에 대해서. 누군가는 한번쯤. 그의 말에 한참 동안 어떤 말을 해야 할지 알 수 없었다. 일부러 아무것도 모르는 척 조개 칼국수나 멸치국수 혹은 산처럼 쌓인 부추 국수 회차가 가장 좋았다고 말했다면 어땠을까. 그러나 아무래도 그런 말은 입 밖으로 나오지 않았다.

저, 저금해야 돼요.

나는 한참을 뜸들이다가 그렇게 말했다. 그의 눈동자에 내 얼굴이 비춰지는 것만 같았다. 잘 닦은 유

리구슬 같은 눈동자. 그가 나를 보고 웃었다. 웃겨서 와
하하 웃는 것은 아니고 나처럼 흐흐흐 웃었다. 어딘가
할 말이 없을 때, 무기처럼 지니고 있던 내 웃음을 그가
나에게 보였다.

　　화면 속 닭국수가 커다란 용기에서 보글보글 끓
고 있었다. 수제 면과 족타라는 점이 이번 국수의 비법
이었다. 모양이 일정하지 않은 족타면 위에는 두터운
닭다리 살이 성글게 올라가 있었다. 나는 사람들이 국
수를 후루룩거리며 먹는 소리를 들었다. 그러나 그 소
리를 들을 때마다 알 수 없이 가슴이 아려왔다.

*

　　국수를 다 먹은 이들이 엄지를 뽑아든 채, 환하
게 웃고 있는 모습을 두어 번 반복해서 볼 때쯤, 지방
촬영 팀과 노 피디가 사무실의 문을 열었다. 그의 가는
머리카락에는 무거운 얼음 결정체들이 달라붙어 있었
다. 그는 신경질적으로 촬영 가방을 바닥에 내려놓고는
조연출들에게 이것저것 정리된 파일과 장비 정리를 맡
겼다. 그는 자신의 자리로 돌아와서 신발을 벗고 책상

에 다리를 올렸다.

하, 죽는 줄 알았네. 지방 촬영 다신 안 간다. 야, 이제 니들이 갈 수 있지? 이정도 했으면 너네도 혼자 가 봐야지. 언제까지 뒤꽁무니만 쫓아다닐래?

노 피디는 말했다. 그의 뒤를 따라다니는 두 조 연출은 말없이 그저 눈에 묻은 옷을 털고는 장비 정리 를 하곤 촬영본을 옮겼다. 그는 구석에 앉아 있는 나를 시간이 지나서야 발견했다.

작가님. 진짜 안 갔네.

네?

아니, 진짜 안 갔어. 잘했다고. 가면 안 되지. 나 때는 그냥 여기가 집이었거든. 선배들 다 가고 특히나 지방 촬영 갔다왔다고 이것저것 챙겨주고. 가끔 욕받이 도 해주고.

그는 말을 하면서 나에게 다가왔다. 그에게서 지독한 냄새가 풍겼다. 그는 나에게 꾸깃해진 영수증 뭉치를 넘겨주었다.

여기 렌트비랑 식비, 방 값. 아, 이것도 진행비에 올려줘요. 사비로 먼저 한 거니까, 오늘 처리해주고.

그가 놓고 간 꾸깃꾸깃한 영수증 뭉치가 책상

위에서 꽃을 피웠다. 그가 말할 때마다 쓴 위액 냄새가 났다.

　작가님, 여기서 얼마나 일했지? 융통성 있게 일해야 돼. 융통성 있게.

　그는 나에게 매번 해대는 충고를 하고는 자리를 떴다. 나는 습관처럼 소리가 들리지 않을 정도로 웃었다. 그의 말은 매번 웃겼다. 그가 찍어 오는 가족과 부부들은 전부 다 거짓말 같았다. 과장되어 있었고 억지스러웠고 마지막엔 늘 볼이나 입술을 부비는 식으로 마무리되었다. 노 피디가 찍은 불쾌하고 음울하지만 애써 웃는 얼굴들은 어설프게 사랑해, 라는 말을 뱉고는 곧 죽을 사람들처럼 화면에서 사라져갔다.

　나는 그가 쓴 영수증 뭉치를 한데 정리했다. 탠저린 노래바, 나는 그 글자가 적힌 영수증 하나를 확인하고는 노트북 밑으로 넣었다. 그가 말하는 융통성이었다. 그가 진행비로 업소나 술집에 들른다는 것은 진행비 영수증을 처리하는 팀장과 나만 알고 있었다. 팀장은 그가 한두 번씩 그런 영수증을 올린다는 사실을 아무렇지 않게 대했다. 연차와 경험이 많은 노 피디가 그나마 비슷한 페이를 받고 작은 외주 사무실에서 일을 해주는 조건 같은 것이었다. 서로 윈윈의 조건이었다. 그 외에도 노 피디만큼은 아니지만 진행비로 아주 자잘하게 다른 짓을 하는 피디들이 사무실에는 많았다. 팀장도 마찬가지였다. 나는 그런 피디들 사이에 억지로 껴 있는 그를 떠올렸다. 그들의 등쌀에 못 이겨 술집에 어설프게 앉아 있는 그를 떠올리면 참을 수 없는 기분이 들었다.

그는 나에게 한 번도 그런 영수증을 준 적이 없었다. 지방 촬영을 다녀온 날도 매번 잠만 해결할 수 있는 싼값의 여관, 편의점에서 사먹은 빵과 우유, 컵라면 사이 간간이 담배 한 갑이 껴 있는 게 전부였다. 나는 그의 영수증을 볼 때면 그가 차갑고 습하고 좁은 여관에서 같은 옷을 입고 같은 자세로 자는 모습을 상상했다. 옆으로 누워 커다란 트렁크 팬티를 입고, 툭 불거진 골반뼈를 훤히 드러내고 있는 모습. 베개도 베지 않은 채, 곤히 잠에 빠진 모습들…….

탠저린 노래바. 나는 영수증 하단에 찍힌 그의 사인과 금액을 확인하고 따로 만든 엑셀 파일을 켰다. 가려움이 스멀스멀 몰려오는 기분이 들었다. 히터가 쉬

지 않고 연신 건조한 바람을 뿜어내고 있었다. 기타 식
비라고 적은 칸을 지웠다가 썼다가를 반복했다. 그러다
잠깐 인터넷 검색창을 켰다. 노 피디가 간 곳이 정확히
어디인지 궁금했다. 강원도 노래방, 탠저린 노래바, 정
선 탠저린 노래바. 같은 상호를 단 여러 개의 가게가 줄
지어 나왔다. 검색창 가운데 누군가의 명함 사진이 보
였다. 사진을 클릭했다. 탠저린 노래바 실장, 김명훈. 러
시아·필리핀 도우미 아가씨들 항시 대기. 검색창을 껐
다. 히터와 전기난로가 굉음을 내며 돌아갔다. 의지와
상관없이 털 실내화 속 발이 꼼지락거렸다. 나는 발가
락에 힘을 주고는 다시금 몰려오는 가려움을 참아냈다.
가려움을 참기 위해 힘을 준 손가락 마디도 터질 듯이
붉어져 있었다. 사무실은 쥐죽은 듯 조용했다. 왜. 나는
중얼거렸다. 갑자기 코가 막히면서 눈물이 핑 고였다.
눈물이 고이자 갑자기 억울함이 밀려왔다. 나는 편집실
을 바라보았다. 멀리서 노 피디의 말에 편집실의 조연
출과 피디들이 고개를 끄덕이거나 움직이는 게 보였다.
나는 입술을 깨물었다.

　　혹시 가려우세요? 나는 갑자기 다시금 멀리서
훈수를 두는 듯한 자세로 서 있는 노 피디에게 묻고 싶

었다. 가려움을 참는 건, 내가 아니라 편집실에 있는 그들이어야 했다. 그들은 대개 모자를 쓰고 있었고 모자를 쓰고 있기에 그들의 머리와 두피에서 어떤 일이 벌어지는지 알 수 없었지만, 나는 생각했다. 그들의 화장실 진열장을 가득 수놓은 탈모 샴푸와 진정제와 염증제, 그리고 그들의 주머니를 차지하고 있는 독한 스테로이드 연고를. 눈이 부실 정도로 환한 백열전구 밑에서 낱낱이 드러나는 새빨간 두피와 당장이라도 거울을 깨부수고 싶지만 그러지 못한 순간들을 그들도 겪어야 했다. 다음 그리고 또 다음, 그들도 그런 생각을 할까. 그런다면, 정말로 그런 거라면, 그들도 나처럼 같이 가려움을 참고 있는 거라면 한번은 봐줄 수도 있을 것 같은 생각이 들었다. 속에서 트림이 올라왔다. 나는 어느 정선의 탠저린 노래바에서 일하는 김명훈 실장의 얼굴을 아무렇게나 떠올렸다. 네가 말해. 네가 대신 잘못했다고 말해. 나는 편집실을 다시금 쳐다보았다. 그들은 누구보다 멀쩡해 보였고 모자란 진행비로 업소에 들르거나 술을 마시는 것은 전부 비밀로 부쳐졌다. 그들은 뜨겁고 건조한 난로를 책상 밑에 가져다 댄 채 코를 골면서 잠을 잤고, 의자에 앉아 가려움을 참는 것은 나뿐이었다.

엑셀 파일을 정리하는 와중에 노 피디가 슬쩍 내 곁으로 다가왔다. 그러고는 엑셀 파일의 목록을 훑어보더니 기타 식비에 적힌 금액을 확인하고는 내 어깨에 손을 올렸다.

작가님, 작가님도 협찬 말고 정식 코너 하나 맡아야 하지 않나?

그가 말했다. 말하는 도중에도 여전히 큼큼 코를 먹는 것을 멈추지 않았다.

내가 진짜 작가님한테만 먼저 말해주는 건데, 우리 곧 개편인 것 알지? 아마 그때 정식 코너를 하나 더 늘릴 건가 봐, 협찬 빼고. 아이, 그 협찬 같은 건 그냥 막내들이나 하는 거고. 작가님도 코너 맡아야지. 그치? 개편 때 내가 말 잘해줄게. 아마 작가들 싹 다 갈고, 새로 올 것 같거든. 그니까, 밉보이지 말고 잘 보여요. 융통성 없게 그러면 또 안 되잖아.

그가 말했다. 나는 그의 말에 아무 말도 하지 않았다. 그저 눈을 끔뻑끔뻑거리며, 속으로 무언가를 참아내면서도 알 수 없이 실실 소리를 내며 웃기만 했다.

집으로 돌아오자마자 화장실에 들어가 머리부터 감았다. 두피에 덕지덕지 바른 진득한 연고가 벌써 바싹 말라 있었다. 약을 바를 때마다 곧바로 흡수하는 두피를 볼 때면, 꼭 굶주린 짐승에게 고깃덩이를 던져주는 기분이 들었다. 독한 두피 샴푸를 벅벅 문지를 때마다 상처가 벌어지는 기분이 들었다. 나는 입으로 쓰읍쓰읍 소리를 내며 머리를 감았다. 머리를 다 감고 나서 나체로 거울 앞에 섰을 때, 전보다는 현저히 불어난 몸이 보였다. 등과 배를 감싸고 있는 셀룰라이트가 한눈에 들어왔다. 거뭇한 가슴도 불어난 채 힘없이 늘어져 있었다. 내 몸은 점점 싸움터가 되어가고 있었다. 나는 대충 물기를 수건으로 닦고 속옷은 입지 않은 채, 커다란 옷을 걸치고 컴퓨터 앞에 앉았다. 젖은 머리에서 물이 뚝뚝 흘렀지만 그대로 두었다. 머리가 가려운 이래로 두피에 억지로 뜨거운 바람을 쏘이거나 헤어드라이어를 쓰는 일은 없었다. 나는 마치 해야 할 일이었다는 듯이, 빠르게 인터넷뱅킹에 접속했다. 아직 만기가 되지 않은 적금 계좌가 보였다. 화면에 매달 꼬박꼬박 입금한 내역과 소량의 잔고가 눈에 들어왔다. 매달 넣는 적금은 한 달에 십만 원을 웃도는 정도였다. 나는 적금의 잔액보다 더 많은 양의 학자금 대출금과 생활을 위해 빌린 소액 대출 건들을 떠올렸다. 앞으로 스무 달은 더 잔금을 치러야 끝나는 건들이었다. 저금해야 돼요, 나는 그 말을 생각하면서 다시금 실없이 웃었다. 우스운 꼴의 내 모습이 그의 눈동자에 비쳐 보였던 순간들이 머릿속을 지나갔다. ㅎㅎㅎ, ㅎㅎㅎ. 머리카락의 물기가 바닥으로 뚝뚝 떨어졌다.

화면이 꺼지자, 축축하고 음습한 얼굴이 검은 화면에 비쳤다. 화면 속의 내가 화면 밖의 나를 노려보는 것 같았다. 아무도 나를 사랑할 수 없다는 생각이 스쳤다. 그런 생각이 들자, 나 같은 걸 아무도 사랑할 수 없다는 것을 아주 옛날부터 알고 있었을지도 모른다는 생각이 들었다.

꿈에 그가 나왔다. 그는 작은 여관에 누워 있었다. 그의 꿈을 꾼 것은 처음이었다. 그는 여전히 싼값의 여관방에 있었다. 늘 입던 옷을 옷걸이에 걸어 놓고 커다란 파란색 줄무늬가 있는 트렁크 팬티를 입고 옆으로 누워 있었다. 나는 그에게 베개를 가져다주었다. 그가 고개를 살짝 들어 납작한 베개를 베고 누웠다. 바닥은 얼음장처럼 차갑고 밖에서는 새소리인지 아이들의 비

명인지 모를 것들이 섞여 들어왔다. 나는 아무것도 걸
치지 않은 채, 그의 옆에서 다리를 배배 꼬았다. 그와 누
워 있으니, 머리가 아니라 자꾸 다른 곳이 가려웠다. 나
는 그의 몸에 바짝 붙었다. 미약한 온기가 느껴졌다. 그
가 뒤를 돌아 나의 머리를 잠시 보더니 다시 앞으로 고
개를 돌렸다. 그가 나를 투명한 눈동자로 훑었다.

차도가 있을 거라고 병원에서 그랬어요, 잘 먹
고, 잘 자면 된다고.

나는 아무 말 없이 그저 나를 훑는 그에게 거짓
말을 했다. 그의 잘 닦은 유리알 같은 눈동자가 다시금
허공을 응시했다. 그게 누구보다 쓸쓸해 보였다. 눈 속
에 고요한 식물 하나를 키우는 듯한 눈동자였다. 그의
앙상한 발가락뼈와 골반이 눈에 들어왔다. 이 앙상한
몸으로 걷고 움직이고. 나는 그의 몸에 천천히 손을 가
져다댔다. 차가운 감촉이 손끝에 느껴졌다. 그가 잠시
몸을 부르르 떨었다. 나는 그의 몸에 좀 더 바짝 붙었다.
잠깐 동안이었지만 외롭거나 슬프거나 가렵지 않다는
생각들이 오갔다. 그러나 나를 보는 표정이 점점 무섭
게 변하기 시작했다. 그가 나를 노려보며 말했다.

가려워.

그가 갑자기 나를 죽일 듯이 노려보고 있었다.

가렵다니까.

그의 눈동자 가득 내 얼굴이 비쳤다.

너 때문에 가려워 죽겠다니까.

그가 소리쳤다.

언제 긁었는지 모르지만 두피에서 진물이 나오고 있었다. 나는 화장실로 달려가 손을 씻고 두피를 찬물로 살살 닦아냈다. 벌써 반 틈이나 사라진 스테로이드 연고를 손가락 위에 짰다. 무향 무취의 연고가 나를 조금씩 갉아먹고 있었다. 방에서는 아침을 알리는 핸드폰 알람 소리가 들렸다. 다음, 다음에. 나는 잠깐 울고 싶었지만 울지 않았다.

노 피디의 말처럼 사무실은 개편에 대한 이야기들로 뒤숭숭했다. 갑자기 시작된 개편은 외주 사무실에서 그리 큰일은 아니었지만, 언제나 그렇듯 작은 공간에서 생기는 크고 작은 일들은 항상 같은 식의 술렁임을 일으켰다.

동두천 고인돌 얼음 축제는 무사히 촬영을 마쳤다. 그러나 내가 마지막에 넣으려고 하던 문구는 짧게 삭제되어 있었다. 남은 것은 '올 겨울 동두천 얼음 축제로 오시는 건 어떨까요?'뿐이었다. 그것을 제외하면 모든 것이 순탄하기는 했다. 구성안대로 촬영을 진행했으며, 그보다 더 재밌는 요소도 더 재미없는 요소도 없었다. 가족들은 얼음 기둥과 조각 아래서 사진을 찍었고, 아이들은 입가에 바비큐 소스를 묻혀 가며 꼬치를 먹었다. 메인 작가는 나의 원고를 보고 고개를 몇 번 까딱거렸다. 아리송하기는 했지만, 처음 보는 그 모습에 어쩌면 이번에는 정말로 나에게도 다음이 있을지 모른다는 기대감이 들었다.

편집실에서는 그가 열심히 가편 심사를 위해 편집 중이었다. 그는 나를 바라보지 않았다. 가려워. 가렵다니까. 너 때문에 가려워 죽겠다니까. 나는 그를 바라보다가 지난밤 꿈이 생각나 일부러 고개를 돌렸다.

메인 작가와 언니들은 개편에 대한 이야기를 계속했다. 개편까지는 딱 한 달 반 정도가 남아 있었다. 코너 하나를 늘리고 협찬 코너는 그대로 가져가자는 취지였다. 가장 짧은 코너인 협찬 코너는 외주 사무실에서 자금을 돌리는 그나마 손쉬운 방법이었다. 나는 그들이 원 테이블에서 하는 소리를 들었다. 그러다가 다음 협찬 코너는 푸룬 주스라는 소리가 들렸다. 변비나 다이어트에 좋다는 푸룬을 등장시키면서 광고처럼 보이지 않게 하기 위해서는, 심의에 걸리지 않기 위해서는, 적어도 적확한 개인 사례자에 눈이 돌아가게 하거나 제품에 대한 찬양이 주를 이루지만 않으면 되었다.

저번에 구했던 15킬로그램 감량 사례자는 저번 달 타 프로그램에서 다이어트 사례자로 나왔대요……. 그분이 딱이었는데.

아니, 그 사람은 얼굴이 너무 비호감이잖아. 드세 보이고. 아무리 효과가 좋아도 얼굴 비호감이면 안 되는 거 몰라? 그때 출산 이후에 30킬로그램 감량한 주부는?

그분은 직접 센터 운영하고 있어서, 홍보용으로 나오시는 거라 좀…….

야, 지윤아 너 일 이렇게 할 거니? 뭐 하는 거야. 아는 작가한테라도 사례자 달라고 해봐. 안 찾을 거야?

그들은 메인 작가의 말에 침묵했다.

드라마틱하지 않아도 되니까 실생활 팔로우 할 수 있는 사례자 찾으라고.

메인 작가는 신경질적으로 말했다. 그때 메인

작가가 나를 바라보았다.

지수야.

네?

지수야, 너가 해볼래?

*

개편 코너는 협찬 코너와 〈대박 청춘〉을 〈부자의 비밀 노트〉로, 〈국수의 신〉을 〈노포의 손맛〉으로, 〈수상한 가족〉이라는 휴먼 다큐 코너를 〈지구촌 브이로그〉라는 이름으로 바꾸어 편성되었다. 맛집은 맛집대로 휴먼 다큐는 휴먼 다큐대로지만 조금씩 더 범위를 넓히는 식이었다. 그리고 내 방 한 켠과 냉장고에는 말린 푸룬과 푸룬 주스들이 가득 들어차 있었다.

지수야, 딱 15키로만. 밀착 취재 느낌으로. 응? 다이어트도 되고 좋잖아. 제품도 다 협찬인데. 그냥 푸룬 주스, 말린 푸룬만 주기적으로 먹으면 돼. 가끔씩 조깅도 해주고, 땀 흘려주고. 인터뷰에서는 대충 무슨 말 해야 하는지 알지? 너만한 사례자가 어딨어. 응? 딱 삼 주면 될까? 관찰 카메라식으로. 응?

나는 아무 말도 하지 않았다.

지수야. 너 방송하고 싶다며. 작가하고 싶다며. 그럼 너도 그만큼의 의지를 보여줘야 되는 거 아니야?

나는 아무 말도 할 수가 없었다.

개편을 준비하기 위한 주어진 시간은 삼 주였다. 메인 작가는 나에게 〈노포의 손맛〉이라는 코너를 맡아서 할 생각이 없냐고 물었다. 그리고 그 코너에 대한 얘기를 협찬 방송이 끝난 뒤에 다시 해보자고 말했다. 코너는 국수뿐만 아니라 시장의 옛날 통닭이나 전라도에 위치한 백반집이나 간판이 없는 냉면집을 찾는 식으로 범위를 넓혀야 했다. 그와 함께였다. 그는 여전히 그 코너의 피디로 나는 새 작가로 팀을 꾸려야 한다고 했다. 나는 그와 함께할 수 있었다. 그러나 그전에 약속했던 다이어트의 순간들을 담아내는 것 역시 그와 함께였다.

휴일이면 저명하다는 여러 소문이 나 있는 병원들을 검색하기 시작했다. 이제는 치료만이 목적이 아니었다. 두피열과 지루성 두피염을 한 번에 잡아준다는 병원, 치료보다 재발에 힘쓰는 병원, 1. 진행을 멈추고 2. 치료하고 3. 발모하고 유지해야 한다는 병원, 4. 단지 모발 이식에만 중점을 둔 병원 등등, 여러 병원들이 리스트에 올랐다. 나는 병원에 차례대로 전화를 걸어 예약을 걸어두었다. 두피열과 지루성 두피염, 치료보다 재발에 힘쓰는 병원, 진행을 멈추고 치료하고 발모하고 유지하는 병원, 모발 이식에만 중점을 둔 병원 순으로. 그러나 나는 예약을 걸어둔 병원 외에도 다른 병원들을 계속 검색했다. 그리고 깜빡이라도 잠이 들면 항상 그의 꿈을 꾸었다. 그러나 그는 꿈에서 매번 같은 모습이었다. 가려워. 가렵다니까. 가려워 죽겠다니까. 그는 항상 그 말을 뱉고 나는 꿈에서 깨었다.

회사 단톡방에는 내가 살을 얼마나 뺐는지, 그에 대한 관심의 말들이 올라왔다. 나는 음식물을 거의 섭취하지 않고 간헐적으로 푸른 주스와 건푸룬을 주워 먹었다. 속을 완전히 비워내도 살이 잘 빠지지 않았다. 이것들이 정말로 효과가 있는지는 알 수 없었다. 그는 좁은 우리 집에 들러 내 생활을 천천히 카메라에 담았다. 나를 담는 그는 말이 없었다. 노 피디였다면 나를 비웃기라도 했을 텐데, 나는 그의 침묵에 오히려 마음이 아팠다.

그는 내가 불 꺼진 운동장을 도는 모습, 누워서 땀을 흥건하게 흘리는 모습, 푸른 주스를 마시는 모습, 가끔씩 머리를 긁으며 애써 웃는 모습들을 담아냈다. 거의 아무것도 먹지 않은 일주일이 지나자 살은 급속도로 빠졌다. 그러나 그만큼 마음이 텅 비어갔다.

이 주째 되어가던 날, 그는 다 쓰러져가는 나를 찍고는 나를 가게에 데려갔다. 그가 예전에 촬영했던 국수집이었다.

그와 나 사이에 따뜻한 잔치국수가 놓였다. 나는 아직도 가쁜 숨을 연신 고르고 있었다.

지수 씨, 먹어요.

그가 나의 이름을 부른 것은 처음이었다.

지수 씨, 좀 먹어요. 그러다가 쓰러져요.

아, 근데 그래도 지금 시간에 먹으면……, 지금 다이어트 중이라서…….

나는 손등으로 이마의 땀을 닦아냈다. 더운 기운이 올라왔다. 눈이 오지 않았지만 그래도 아직 겨울의 한복판이었다.

지수 씨…….

네?

안 한다고 그러지 그랬어요.

그가 말했다.

그냥 못 한다고 하지 그랬어요. 못 한다고……. 하기 싫다고.

김이 폴폴 나는 국수가 그의 얼굴을 가렸다. 나는 아무 말도 할 수가 없었다. 그가 뜨거운 국수를 꾸역꾸역 삼켰다.

마지막 이틀을 앞두고, 10킬로그램 정도 감량한 모습으로 촬영은 마무리되었다. 그는 이제는 아무런 말도 걸지 않았다. 그저 나를 카메라 속에서만 바라볼 뿐이었다. 간간이 필요한 인터뷰를 빼고 우리는 거의 말을 하지 않았다.

원래 이렇게 챙겨 드세요?

네, 꼭 한 번씩 챙겨 먹어요.

언제부터 드셨어요?

다이어트 시작하면서부터는 필수적으로 챙겨 먹고 있어요.

혹시 지금 몸에도 만족하시나요?

…….

만족하세요?

네. 그런데 앞으로 더 건강하게……. 계속…….

*

개편 전 방송된 푸른 협찬 코너의 시청률은 다른 외주 사무실들에 비해 월등히 높았다. 생활의 노출이 많을수록 시청률은 높아졌다. 그러나 다이어트에 대한 드라마틱한 효과보다 외모나 휑한 정수리에 대한 말들이 주를 이루고 있었다. 그에 이어가듯 푸른 주스도 광고 효과를 꽤 톡톡히 보았다. 메인 작가는 배실배실 웃으며 나에게 약속대로 코너를 주었다. 그와 나는 한 팀이 되어 노포의 맛집을 수소문하며 돌아다녔다. 여전히 그가 찍어주는 음식들은 맛있었고 따뜻했다. 그리고 나는 이 일이 지겹게 느껴졌다. 나는 아무 말도 숨겨두지 않았다.

이제 더 이상 꿈에 그가 나오지는 않았다. 그러나 그가 있었던 여관방은 그대로였다. 차가운 여관방이 관짝이라도 되는 것처럼 나는 혼자 쓸쓸하게 누워 있었다. 온몸이 가렵지만 긁지 못하고 손과 다리를 배배 꼰

채로, 베개도 없이 누워 있는 모습이었다. 꿈속에서 나
는 늘 추웠고 슬펐고 가려웠다.

사무실에는 나를 대신해 협찬 코너와 잡일을 맡
게 될 막내 작가가 들어왔다. 동글동글한 인상에 꽤나
살집이 있었고 웃을 때 누구보다 귀여웠다. 그 애는 나
를 친근하게 언니, 라고 불렀다. 그리고 나는 그 애가 언
니, 라고 말할 때마다 뒤돌아보았다. 그 애는 그때마다
아무것도 모르는 사람처럼 웃었다.

다시금 겨울이 찾아왔다. 그 애도 나도 여전히
이곳에 있었다. 그는 나와 팀이 된 지 여섯 달 뒤, 다른
외주 사무실로 자리를 옮겼다. 1월 11일, 1월 13일, 1월
15일, 16일, 1월 21일. 대대적인 한파와 폭설이 계속되
었다. 기상에 따라 시청률의 변화가 있을 것이라고 사
무실 사람들은 술렁였다.

나와 그 애는 전등이 나간 일층 사무실 주차장에
서 있었다. 겨울이었다. 나는 머리에 가발이라고 티라
도 내는 듯한 윤기 나는 인모 가발을 덮어 쓰고 있었다.

한번 볼래?

 나는 그 애를 바라보면서 말했다. 코끝이 빨간
그 애가 기어코 고개를 끄덕였다. 나의 얼굴 위로 작은
어둠이 드리워져 있었다. 그 애가 한참을 망설이다가 고
개를 끄덕였다. 놀란 표정으로 고개를 끄덕이는 그 애의
얼굴을 나는 빤히 바라보았다. 우리 사이에 이상한 결
속 같은 것이 느껴지지는 않았다. 나는 뜬금없이 그 애
에게 토레스 델 파이네에 대해 들어보았느냐고 물었다.
그 애는 여전히 당황한 듯 내 머리와 얼굴을 번갈아가
며 바라볼 뿐이었다. 나는 주머니 속에서 담배를 하나
꺼내 물었다. 웃기지 않았지만 습관처럼 웃음이 새어나
왔다. 찬바람이 얼굴을 훑었다. 불이 덜 붙은 담배가 입
술 밑에서 희미하게 반짝이며 천천히 타들어갔다.

에세이

나
무
의

주
인

그의 집에 들어서자마자 보이는 것은 온갖 나무
들이다. 뿌리를 내리고 잎을 달고 있는 진짜 나무와 나
무로 만든 온갖 골동품들. 어디서 구해왔는지 모를 물
건들을 보고 있으면 나무들은 항상 내 마음 어딘가를
후벼놓는 데가 있었다.

그는 철마다 나무로 된 무언가를 사왔다. 나무
로 된 모형 오리, 나무로 된 간이 식탁, 나무로 된 가면,
나무로 된 의자, 나무로 된 작은 선반, 그저 나무로 되었
거나 혹은 나무처럼 보이고 실제로는 나무가 아닌 무언
가들까지.

집에 들어서서 거실에 있는 것들만 나열하자면
꽤 된다. 제각각 그 쓰임과 이름이 붙어 있을 것들인데
내가 가진 언어로 설명할 수 없을 정도로, 그 종류가 너
무 많다. (아니, 사실 그 쓰임이 없는 것들이 꽤 될지도 모르지.)
언제부터 그가 나무에 대해 유독 관심을 가지게 되었는
지는 모른다. 물어본 적 없고, 물어볼 일이 없기 때문이
다. 우리 사이에 미적지근한 안부를 빼면 서로에게 무
언가를 물어보는 일은 거의 드물다. 현재 우리 관계를
위해서라도 우리는 서로에게 말을 아낀다. 무언가 따뜻
한 말들이 오간다면 우리 관계는 이상해진다. 낯설고
민망해지고. 도대체 갑자기 왜 이러는 거야, 놀라기도
하고.

그가 데려온 나무들이 집을 가득 메운 덕분에
집에서는 산고사리가 자랄 법한 냄새가 난다. 사실 자
란다고 해도 이상한 일도 아니라고 늘 생각한다. 어느
날 자고 있는데 손끝에 걸린 무언가가 이상한 잡초라거
나 산어귀에서 날 법한 풀이라 해도 그러려니 할 것이
다. 비가 오면 나무들의 냄새는 더욱 심해진다. 그럴 때
면 어김없이 코를 쥐어 막고 싶은 기분이 든다. 마치 습
지와 가까운 산 근처에서 얼굴에 진흙을 잔뜩 묻히고는

야영을 하는 듯한 기분이라고 해야 할까. 그렇기에 나는 누군가 나무로 된 집에 대한 동경을 말할 때면 나도 모르게 인상을 찌푸리게 된다. 당신은 그 냄새를 맡아 본 적이 있어? 하고 묻지 않을 말을 속으로 되묻는다.

시작은 아마도 어렸을 때부터 마당에서 자라난 이름 모를 나무 한 그루였다. 언젠가부터 집에만 머물기 시작한 그가 나무들을 한 그루, 두 그루 불러 모았을 때 마당은 물론, 집 안까지도 나무 천지가 되었다. 어렸을 때부터 지금까지 쭉 살아 있는 그 첫 번째 나무의 이름을 나는 아직도 모른다. 지금까지 살아 있는 게 용해서 눈길을 줄 법도 한데 그러지는 않았다. 그가 충분히 눈길을 주었을 것이고, 그랬다면 내가 눈길을 주지 않아도 정당하다고 생각했다. 나는 항상 그를 보면서 그와 나를 분리하기 바빴다. 새벽부터 자전거를 타고 온 그가 어딘가 주눅 들어 보이면, 나는 그날따라 힘을 냈고, 그가 어쩐지 기운 있어 보이는 날에는 일부러 주눅 들고 싶었다. 내가 왜 그런 노력을 기울였는지, 나무들은 알고 있을까.

언젠가 집에서 진을 치고 있는 나무들을 보면, 나무들이 이 집의 주인 같다는 생각이 든다. 이 집의 주인들이 모두 죽고 나무들만이 살아남는 것이다. 그리고 이 집에서 누군가들이 완전히 다 떠났을 때, 집에 있는 나무로 된 사물들이 이 집에서 서식하면서 개체를 늘리는 것이다. 아마 그때 나무들은 우리에 관한 이야기를 하겠지.

이 집 머리칼이 길고 키 큰 여자는 항상 울상이었어. 얼굴에 바보 같은 구석이 있었는데 그걸 숨기려고 울상인 것도 같더군.

아니야. 여자는 바보가 아니야. 여자는 그저 우릴 싫어한 거야.

어째서지?

여자는 냄새에 예민하거든. 가끔씩 우릴 노려볼 때도 있었어. 특히 비가 오는 날이나 눈이 오는 날에는 더욱.

성격이 고약한 여자였구나.

조용하지만 지독한 구석이 있었지.

나는 누워서 나무들의 대화를 만들어보고 엿듣는다.

그의 집이 나무로 가득 찬 이후로, 내가 사는 집

에는 나무가 거의 없다. 나는 나무가 싫다. 죄 없는 나무가 싫어지고, 미워지고. 나무들의 말처럼 조용하지만 지독한 구석이 있는 사람이 되어가는 게 어떤 것인지 살면서 가끔 느끼게 된다. 내가 좋아하는 작가는 그런 부분을 독이라고 불렀고, 그제야 그게 아, 독이구나, 알게 되었나. 그런데 한편으로는 그런 나무들 때문에 니는 어딘가 긴장하고 있다는 생각을 한다. 독을 드러내지 않으려고. 나만 알고 있는 독에 대해 다른 이들에게도 스스로에게도 모르는 척하려고. 그렇다면 나무는 나에게 고마운 것인가? 생각해보지만 아니다. 나무들이 그 집에 있는 한, 변덕스러운 고온다습한 내륙지방의 계절이 지구에서 끝나지 않는 한, 그 미움은 어쩔 수가 없는 일이다.

언젠가 소설을 쓰려고 하다가 그 집에 대한 이야기와 나무에 대해 쓰고 싶었다. 나무들을 죄다 태워버리거나 고물상에 파는 내용인데, 아무리 생각해도 너무 이상하다는 생각이 들었다. 그 고물들을 태워버리는 것도 너무 억척스러운 일이고, (그렇게 힘쓰는 일을 할 만한 계기와 마음을 만들 리도 만무하고) 나무들을 다 태운다면 과연 집에 무엇이 남는지? 생각하게 되기도 하고. 게다가 고물 중의 고물들은 누가 사겠는가. 아무리 싼값을 준다고 해도 그 나무들은 이제 갈 곳이 이 집밖에 없을 텐데. 나무들은 그저 이 집과 함께 썩거나 부식되거나 축축이 젖어 들어갈 일만 남았을 뿐이다. 나는 나무들만 남은 집을 그려보다가 나무들의 자식들까지도 그려본다. 그러다가 한편으로 그런 소설을 써볼까, 하는 생각이 문득 떠오른다. 이 집에 나무만 남는 소설. 오직 나무만. 오로지 나무들만……. 그렇게 막무가내로 생각들을 늘리다 보면 의도치 않게 다시 그에 대해 골똘히 생각하게 된다. 그에게 나무가 도대체 무엇이었는지? 별 의미가 없는데 왜 거실과 마당을 자리가 부족할 정도로 나무들로 메우는지? 나는 정답을 절대 알 수가 없을 것이다. 절대 물어볼 리 없으니까. 설사 물어본다고 해도 그도 그 답을 알고 있을까? 나무를 대하고 있는 그의 얼굴을 보면, 나는 때때로 그 스스로도 왜 이렇게 나무에게 집착하는지 이유를 잘 알지 못한다는 느낌이 들기도 한다.

그와 나무는 그저 여전히 그 집에 있고, 그는 그렇게 여전히 나무를 모으고. 이 상황을 멀리 본다면 나무가 곧 집을 가득 메워 집이 터지는 생각을 할 수도 있겠지만 그때쯤이면 그가 한번쯤 어떤 결단을 내리지는 않을는지, 그때가 되면 그도 나무에 대한 생각과 정의를 한번쯤 바꾸지는 않을는지, 생각한다. 현실은 막상 그런 시기가 오면 자연적으로 생각이 바뀌기도 하는 것이니까. 현실은 소설이 아니니까. 나무가 가득 찬 곳에서 나무에 의해 질식하고 싶은 게 그의 과장된 꿈이라면, 그 꿈도 한 사람에게는 좋은 것이 아닐는지.

그가 나무를 대하는 모습을 보면 나는 나를 다시금 생각하게 된다. 그에게 나무가 답을 내릴 수 없는 것이라면, 나에게는 쓰는 일 또한 그렇지 않을까. 그다지 아름답지 않은 꿈을 꾸는 나. 그 꿈을 잠에서 깨고 나서도 한참을 생각하는 나. 어딘가 답답한 구석이 있으면 어설퍼도 써보려고 하는 나. 쓰다가 지독하고 유치한 생각을 하고 있는 나. 촌스럽고 촌스러운 나. 점점 축축한 냄새가 나는 나무가 되어가는 나. 스스로에 대해 최소한의 보호본능도 느끼지 못하는 나. 대체되고 싶은 나. 지독한 냄새를 숨기고 있는…….

거실 책상에 놓인 책들과 고치려고 뽑아둔 소설 종이들이 방 안을 뒹굴 때면, 이것들을 언제 다 치우지,

하는 생각이 들곤 한다. 애초에 치울 생각이 있기는 했는지, 처음부터 이것들을 옆에 두고 치우지 않고 그저 쓸모없는 것들을 증식하기에만 바쁜 사람처럼 굴었으면서. 그것들을 바라보고 있으면 옛날 생각에 자주 빠진다. 왜 쓰기로 했을까, 왜 이 이야기를 쓰려고 한 것일까, 하는 아주 근본적이지만 답이 없는 질문들. 나는 그 질문들을 하기 위해 과거의 나를 데려다 앉히고 물어본다. 그러면 옛날의 나는 말한다.

그때는 그런 생각에 빠지지 않으면 안 됐어. 꼭 그래야만 하는 사람처럼 굴었달까. 지금 생각해보면 웃기지. 망가진 채로도 좋다는 말을 너는 이해할 수 있을까.

나는 그 옛날의 나에게 어떤 대답도 하지 않는다. 대답하지 않아도 옛날의 나와 지금의 나는 그 물음의 대답을 이미 알고 있다.

첫 책을 내고 자괴감과 무력감에서 베란다만 보며 앉아 있었다. 그것들이 나무만큼 싫게 느껴졌던 것 같다. 차차 시간이 지나면서 해결될 문제들 앞에서 혼자 인상을 쓰고 있었다는 생각이 든다. 시간을 빨리 감기하고 싶은 사람처럼. 솔직히 말하자면 나는 가끔 그 시절의 나를 폐기하고 싶은 생각이 들 때가 많다. 그래서 뭐, 어쩌라고. 나는 그때의 나를 불러와, 어깨를 밀쳐내면서 그렇게 말하곤 한다.

앞으로도 매번 느끼겠지만, 소설 쓰는 일이 나에게는 정말로 매번 너무 어렵다. 그렇지만 집에 나무를 증식하는 그처럼, 뚜렷한 이유를 모르더라도 나는 일단 조금씩 해보는 것이다. 그러나 그 생각의, 이유의 주인이 누구인지는 알 수가 없다. (어쩌면 정말 뜬금없이 그 중심에 나무가 있는 게 아닐까, 나는 그런 말도 안 되고 이상한 생각을 하기도 한다.)

내가 나에게 그렇다면 얼마나 쓸 수 있지? 라고 물어도 나는 항상 잘 모르겠다는 생각이 든다. 나는 모든 것을 너무 잘 모르고 모른 채로 그것들을 지나가는 것은 아닌지. 그저 불안하지만 않은 불투명 속에서 시간을 보내는 것은 아닌지.

가끔 아무것도 베지 않고 아무것도 덮지 않고 거실에 누워 시간을 보낼 때가 있다. 나는 때때로 그렇게 누워 손을 이리저리 뻗어본다. 손을 뻗다 보면 항상 종이 뭉치나 책 기둥이 만져진다. 나는 손끝으로 그 질감들을 어루만지고 기억한다. 거슬거슬, 나무의 다른 모양들. 나는 눈을 감고 그것들에게 좀 더 집중한다. 어떤 때는 그게 엄청난 위로지만, 간혹 어떤 때는 참을 수 없는 기분이 들 때가 있기도 하다.

해설

시시한 나

— 노태훈(문학평론가)

     따로 쓰인 몇 편의 소설들이 하나의 작품으로 읽히는 경험이 그다지 희귀한 것은 아니고, 세 편의 단편을 모은 트리플 시리즈가 어느 정도 연작의 성격을 띠게 될 수밖에 없다는 점을 주지하고 있음에도 불구하고 『파주』는 이음새가 보이지 않는 한 편의 작품 같다. 인물도, 공간도, 이들이 공유하고 있는 '비밀'의 양상도 모두 다르지만 이 세 편의 소설은 하나의 목소리를 들려준다. '나'는 너무 시시하다고.

     「파주」에서 왜 '나'는 '정호'를 떠나지 않았을까. '정호'의 군대 후임이었던 '현철'이 갑자기 나타나

군 시절 괴롭힘에 대한 "시시한 복수, 아니, 시시한 보상"(51쪽)을 요구할 때, 그리고 끝내 '정호'가 저지른 짓이 무엇인지 정확히 알 수 없어 끊임없이 그 생각에 사로잡히면서도 왜 '나'는 '정호'의 곁에 여전히 있는 것일까. 「그런 사람」에서 부당한 피해와 억울한 소문들을 바로잡으라는 사람들로부터 '나'는 가벼워지겠다는 마음으로 도피하고 있다. 사실을 밝히고 가해를 벌하는 일은 추잡하고 '드럽고' 그래서 무겁다. "혹시 내가 너한테 잘못한 것이 있다면 용서해줄 수 있겠니?"(64쪽) 누군가에게는 잘못을 고백하고 용서를 구하는 일이 너무도 손쉽지만 '나'는 자신을 도와주겠다는 손길조차 두렵고 무섭다. 「보통의 경우」에서 피폐한 방송작가 생활을 정리하고 훌쩍 떠나버린 '희수 언니'의 삶을 그대로 이어받은 '나'가 끝내 그곳에, 이제 자신이 언니가 되어 머무르는 것은 그저 자신이 감당해야 하는 빚 때문이었을까. 온몸을 긁어대며 속절없이 빠지는 머리카락을 감당하면서 '나'가 "융통성 있게"(144쪽) 버티게 되리라는 짐작은 왜 생겨나는 것일까.

김남숙의 '나'들은 "어떤 것보다 시시"(51쪽)하기 때문이다. 애쓰고 노력한다고 해서 무언가가 의미

있게 바뀌지도 않고 혹 바뀐다고 해도 그 과정이 차라리 "우리끼리 해결"(13쪽)하는 게 나았을 거라고 여겨질 만큼 번잡스럽기 때문이다. 체념과 절망 사이에서, 허무와 우울 가운데서 이들이 느끼는 것은 오래된 슬픔이다. 또 그것은 "시시해 보일 만큼 자연스럽고 명이 긴 미움"(29쪽)이기도 하다. 반복된 무서움은 결국 미움과 구별되지 않고 그 미움이 오래 쌓이면 역시나 시시해지기 마련이다. 그런데 시시하다는 것은 흔하고 익숙하고 뻔하게 여전히 존재한다는 말과도 같다. 흐릿하게 묘사되는 소설 속의 얼굴들은 '나'에게 결코 선명한 기억으로 남아 있지 않다. 그러나 시시한 얼굴들, 시시한 사람들은 사라지지 않는다. "가끔씩은 보게 될 거야"(10쪽)라는 '현철'의 말이 '나'에게 마지막까지 남아 있는 이유는 사라지지 않겠다는 선언이기 때문이다. '나'는 '정호'와 함께 파주를 떠나 일산으로 이사했지만 시시한 보복을 끝낸 '현철'이 파주 어딘가에서 쓸쓸하고 슬픈 뒷모습으로 살아가고 있으리라는 생각을 자주 한다. "갈 수 있는 곳이 많으면 좋다"(47쪽)고 했던 '현철'이 끊임없이 알바를 다니고 포켓몬을 잡는 모습을. 그것은 집과 직장, 배드민턴장과 엄마의 미용실을 오가며 단순하고 규칙적인 삶을 사는 '정호'와 대조된다. 무엇보다 '나'는 '정호'처럼 완전히 잊은 듯 살지도 못하고 '현철'처럼 고비를 넘길 결심도 하지 못한 채로 두 사람 사이에 끼어 있다.

「파주」가 의미가 있는 것은 이 소설이 '정호'나 '현철'의 이야기가 아니라 '나'에 관한 이야기라는 점이다. '나'는 이들을 관찰하고 나름의 중재에도 나서지만 그것은 자신이 마주하고 있는 미움의 실체를 확인하기 위한 것이었다. 논술학원에서 자신을 바라보는 아이들의 눈이, 혐오스럽고 좋은 선생을 연기하는 자신이 끔찍할 때, 도대체 무슨 짓을 저질렀는지 모를 '정호'를 여전히 곁에서 지켜보면서 '나'는 "무엇을 어떻게 해야 하는지"(53쪽) 모르는 채로 그런 "내가 너무 시시해서 죽어버릴 수도 있을 것이라는 생각을 종종 한다."(54쪽) 다시 말해 '나'는 아무것도 아니라기보다 아무것도 할 수 없는 사람이라는 것이다.

그러므로 「그런 사람」의 '나'가 집요하고도 불쾌한 '원석 씨'의 온갖 말들 중 "선생님, 왜 이렇게 변하셨어요?"(107쪽)라는 말에 '평온함'을 느끼는 것은 어쩌면 당연한 일이다. 그토록 시시한 삶 속에서, 설령 그것이

술에 취해 엉망으로 망가져 있는 상태라 하더라도 변했다는 말은 '나'가 그토록 원하던 '가벼움'이기 때문이다. 생의 다음 단계로 가뿐히 넘어가는 것, 너는 그런 사람이 아니라는 말에 이제 '그런 사람'이 되었다고 말할 수 있는 것, 자신의 상황을 인정하고 '치료'를 시작하는 것.

하지만 이를 가로막는 것은 기억이다. '나'를 스쳐 갔던 흐릿하고 희미한 얼굴들과 정말 기억이 나지 않느냐고 캐묻는 말들 속에 계속해서 붙들리는 것은 시시한 것은 사라지지 않고 사라지지 않는다는 것은 돌아온다는 뜻이기 때문일 것이다. 이럴 때 기억은 사실상 꿈과도 구분되지 않는다. 꿈에서 깨어나려면 그 꿈을 잊거나 혹은 선명하게 기억해야 한다. 잔상처럼 남아 있는 이미지와 감각은 결코 그것으로부터 벗어나지 못하게 만든다. 돌이켜보면 우리가 경험한 과거, 지나간 시간에 대한 기억은 그 자체로 꿈과 같고 현실의 현재를 살아가고 있다는 의식은 거대한 착각에 가깝다. 그러므로 김남숙의 '나'들은 마치 아무 일도 없었다는 듯이, 이미 그런 일은 다 잊었다는 듯이 살아가는 사람들을 이해할 수 없는 것이다.

이 세계에서 "비슷한 애들끼리의 결속"(122쪽)

은 일어난다. 비밀이라는 것은 비슷한 애들끼리, 그런 애들끼리만 지킬 수 있다는 '희수 언니'의 말은 분명하게 공유될 수 있는 기억의 존재를 암시한다. 서로의 치부를 내보이고, 내밀함을 고백하면서 선명한 결속을 만들어내는 일. 따라서 비밀은 그것 자체로 중요한 것이 아니라 그 비밀이 공유되던 순간의 기억들로 완성된다. '정호'가 '현철'에게 가한 폭력이라는 비밀은 밝혀지지 않았으며(「파주」) '나'와 'K'의 비밀은 해결되지 못했고(「그런 사람」) '희수 언니'와 '나'의 비밀은 막내 작가에게로 다시 이어진다(「보통의 경우」). 이것은 공교롭게도 공간의 변화와도 겹쳐진다. 파주의 '나'는 그곳을 떠나 일산으로 갔고, 후아힌의 '나'는 결국 서울로 돌아왔으며, 토레스 델 파이네로 떠난 언니의 빈자리에 서울의 '나'는 그대로 남아 있다. 「보통의 경우」의 '나'가 일하고 있는 방송 외주업체가 전국 방방곡곡을 돌아다니는 데일리 프로그램을 제작한다는 점 역시 공간적 요소를 반영하고 있는데 모두가 지방 출장을 떠난 사무실에 홀로 남아 머리를 긁어가며 화면 속 공간을 들여다보고 "올겨울은 어떨까요? 버티지 말고 나가보세요."(134쪽)라고 자막을 쓰는 모습은 후아힌 리조트의 객실에서 술에

취해 있는 '나', '정호'와 함께 있는 집에서 창밖을 내다
보는 '나'와 자연스럽게 포개진다. 어쩌면 시시하다는
감각은 오랜 시간 동안 같은 공간에 머물러 있다는 의
미와 가까울지도 모른다. 하찮고 보잘것없다는 사전적
의미가 아니라 불가피하게 쓸쓸하고 여지없이 슬프다
는 상징적 의미로 말이다.

　　이 세 편의 소설에서 공간만큼이나 강조되는 것
은 '몸'이다. 움직이고 부딪히는 몸, 먹고 마시는 몸, 부
서지고 망가지는 몸. 귓가를 긁어대며 나타난 '현철'로
인해 앙상한 갈비뼈가 보이던 '정호'의 몸은 '현철'이 사
라지자 점점 불어난다. 술에 빠져 후아힌에서 3개월여
를 보낸 '나'의 몸은 쇠약할 정도로 말라버렸고, 회사
에서의 폭식으로 몸무게가 늘어난 '나'는 새로운 프로
그램을 맡기 위해 공개 다이어트에 돌입해야 했다. 물
론 그가 심각한 탈모와 가려움증에 시달리고 있다는
점도 언급하지 않을 수 없다. 인간이 인간이기 위해 몸
을 움직여야 하고, 몸을 움직이기 위해 먹고 마시고 씻
고 잠을 자야 한다는 사실은 때로는 지긋지긋하다. 더
욱이 서로의 몸이 모두 다르다는 사실, "혹시 가려우세
요?"(146쪽)라고 단 한 번도 묻지 못한 채로 각자의 몸

을 상상해야 하는 처지에서 삶이 비루하지 않기란 어려울 것이다. 나아가 스스로의 '꼴'을 바라보며 "아무도 나를 사랑할 수 없다는 생각"(150쪽)이 스친다면 꿈속에서조차 "너 때문에 가려워 죽겠다니까"(152쪽)라고 소리치는 순간을 마주할 수밖에 없을 것이다.

　　이제 이 소설집에서 가장 미묘하게 읽히는 관계에 관해 이야기해보자. 「파주」의 '나'는 '현철'에게 어떤 마음을 가지고 있었던 것일까. 갑자기 나타난 그를 유심히 살펴보면서 사실상 '정호'와는 별개로 그에게 많은 궁금증과 관심을 표하는 '나'를 어떻게 읽어야 할까. 「그런 사람」의 '원석 씨'는 또 어떤가. 강사였던 젊은 여성 소설가 '나'에게 이토록 집요한 접근을 시도하는 그가 선생님을 아끼고 좋아한다고 말하는 마음은 대체 무엇이었던 것일까. 공교롭게도 이 두 인물은 모두 '오타쿠'나 '히키코모리' 등의 명명으로 언급된다는 점에서 어떤 전형성을 떠올리게 한다. 「보통의 경우」의 '그'를 포함해 '나'들과 관계를 맺는 남성 인물은 마치 소설의 공간들처럼 구별되는데, 이들은 모종의 상처와 고통을 내면화하고 있다는 점에서 동일하나 이를 얼마나 '시시한' 방식으로 표출하고 있느냐에 따라 완전히 다른 양상을 보인다. 흥미로운 것은 이들 모두가 '나'의 마음과는 거의 접점을 갖지 못한다는 점이다. '현철'을 계속 떠올리지만 '나'는 여전히 '정호'에게 머무르고 있고 '원석 씨'의 과도한 집착에는 완전히 질려버렸으며 유일하게 '다른' 피디였던 '그'는 홀연히 떠나버렸다. 요컨대 이 모든 관계 역시 시시하게 끝났다는 것이다. '나'가 염려하는 것은 자신의 시시함, '린'의 슬픈 얼굴, 언젠가는 소진될 '막내 작가'의 밝음 같은 것인데 나는 이 점이 무척 마음에 든다. 김남숙의 '나'들은 시시하지만 시시하기 때문에 남은 삶을 어떻게든 살아나갈 것이다. 대단한 기쁨도, 거대한 슬픔도 시시한 인생에는 끼어들지 못할 것이고 그래서 차라리 안심이 된다. 어둡고 건조한, 어쩌면 지독하기까지 한 이 소설이 종내에는 산뜻하게, 아니 시시하게 읽힐 수 있기를 바란다.

트리플 28

파주
© 김남숙, 2024

초판 1쇄 인쇄일 2024년 10월 24일
초판 1쇄 발행일 2024년 11월 13일

지은이 · 김남숙

펴낸이 · 정은영
편집 · 최찬미 장혜리
디자인 · 이선희 박정은
마케팅 · 최금순 이언영 연병선
　　　　송의정 성채영
제작 · 홍동근
펴낸곳 · (주)자음과모음
출판등록 · 2001년 11월 28일
　　　　제2001-000259호
주소 · 경기도 파주시 회동길 325-20
전화 · 편집부 02) 324-2347
　　　　경영지원부 02) 325-6047
팩스 · 편집부 02) 324-2348
　　　　경영지원부 02) 2648-1311
이메일 · munhak@jamobook.com

ISBN　978-89-544-0049-7 (04810)
　　　　978-89-544-4632-7 (세트)

* 이 도서는 2023년도 한국문화예술위
원회 아르코문학창작기금(발간지원)
사업에 선정되어 발간되었습니다.